Harry Cauley

Minnie & Fiske

Harry Cauley

Minnie & Fiske

Geschichten von meiner Katzenfamilie

Aus dem Amerikanischen von
Christiane Winkler

Droemer

Originaltitel: Speaking of Cats

Besuchen Sie uns im Internet:
www.droemer.de

Die Einschweißfolie ist eine PE-Folie und
biologisch abbaubar.
Dieses Buch wurde auf chlor- und säurefreiem
Papier gedruckt.

Umschlaggestaltung: ZERO Werbeagentur, München
Umschlagabbildung: Wolfgang Mennel
Satz: Ventura Publisher im Verlag
Druck und Bindung: GGP Media GmbH, Pößneck
Printed in Germany
ISBN-13: 978-3-426-19659-5
ISBN-10: 3-426-19659-X

2 4 5 3 1

Vorab

Aus irgendeinem unerfindlichen Grund kommen in der Bibel keine Katzen vor. Was den Koran oder den Talmud betrifft, so habe ich keine Ahnung, aber in der Bibel tauchen Katzen nicht auf. Nur Hunde, Rinder, Schafe, Ziegen oder Pferde und so weiter und so fort. Selbst ein Wisent wird erwähnt. Sie werden sich jetzt fragen, was ein Wisent ist – abgesehen von einem Wort, das man wunderbar beim Scrabble einsetzen kann. Bibelforschern zufolge muss es sich um eine Rinderart gehandelt haben. Wie dem auch sei, Wisente werden jedenfalls in der Bibel erwähnt. Aber keine Katze. Löwen kommen natürlich immer wieder vor, aber niemals unsere Hauskatze. Ich wüsste nicht, was eine Katze mehr verunsichern könnte.

Katzen wurden vor ungefähr fünftausend Jahren gezähmt – im Gegensatz zu Hunden, die schon vor über fünfzigtausend Jahren mit den ersten Menschen in die Höhlen zogen. Die Katze brauchte anscheinend noch fünfundvierzigtausend Jahre, um sich zu entscheiden, ob sie uns trauen sollte oder nicht. Seitdem hat die Zeit dem Katzenleben so einige Höhen und Tiefen beschert. Im alten Ägypten und in den nordischen Religionen wurden Katzen verehrt, im Mittelalter hingegen wurden sie gefoltert und mit den Hexen verbrannt. Selbst Shakespeare schien keine eindeutige Meinung über Katzen zu haben: »Eine harmlose, nützliche Katze.« Das scheint zwar recht nichts sagend, ist aber auch nichts Negatives. In *Ende gut, alles gut* sagt Bertram dann aber: »Ich habe von jeher alles ertragen können, nur keine Katze, und nun ist er eine Katze für mich … Zum Henker mit ihm! Er wird mir mehr und mehr zur Katze.« Wenn Katzen also gelegentlich etwas Schizophrenes an sich haben, wer könnte es ihnen verübeln?

Doch die Zeiten haben sich geändert, und selbst wenn sich in der Bibel keine einzige Textstelle findet, in der eine Katze vorkommt, so ist Andrew Lloyd Webbers Musical *Cats* immerhin das erfolgreichste Stück in der Geschichte des Broadways. Nun gut, genug davon!

Diese ganz unterschiedlichen Haltungen gegenüber Katzen werden wohl bis in alle Ewigkeit bestehen. Katzenliebhaber werden immer schwärmerisch verkünden: »Ich liebe einfach alles an ihnen«, Katzenfeinde werden sich stets negativ über sie äußern. Was Katzen betrifft, scheint niemand politisch korrekt sein zu müssen.

»Ich hasse sie einfach.«

»Sie schleichen immer überall herum. Sie gehen mir auf den Geist.«

»Man weiß nie, was sie vorhaben.«

»Ich bin auf sie allergisch.«

»Ich hasse die Art, wie sie ihren Schwanz bewegen. Sie wissen schon, was ich meine. So wie Schlangen.«

»Sie sind vom Teufel besessen, das weiß doch jeder.«

Kein Wunder, dass sie mehr als fünfundvierzigtausend Jahre länger als der Hund gebraucht haben, um uns zu akzeptieren.

Nachdem ich mich nun über die zwei Lager geäußert habe, muss ich aber zugeben, dass ich kein reiner Katzenliebhaber bin, sondern ein regelrechter Tiernarr. Meine Mutter hat immer gesagt, dass ich schon als Kind alles geliebt habe, was kreuchen und fleuchen konnte. Im Laufe der Jahre habe ich mein Leben mit Ziegen, einem verwaisten Schaf namens Lollipop, Ponys, Truthähnen, Hühnern, Enten, Gänsen, Perlhühnern, Pfauen, einem Stinktier namens Gus und einer Krähe namens Ernie und unzähligen Hunden und Katzen geteilt. Sie alle besaßen so außergewöhnliche und unterschiedliche Persönlichkeiten, dass ich nie imstande gewesen bin, objektiv und mit einer gewissen Distanziertheit von ihnen zu sprechen. Auch ich bin Opfer und Produkt von Büchern wie *Onkel Remus* oder von Beatrix Potter und Walt Disney, von *Pogo* und *Wind in den Weiden* oder von Kenneth Grahame. Ich bin ein bekennender Anthropomorphist und davon überzeugt, dass Ratten und Mäuse wie etwa in *Aschenputtel* singen können und Kühe auf ihren Hinterbeinen stehen, tanzen und dazu im Takt muhen, wenn niemand guckt. Der Leser sei also gewarnt. Die Katzen, über die ich hier schreibe, waren meine Freunde, darum behalte ich sie auch als kluge, verrückte, liebenswürdige und etwas verschrobene Geschöpfe im Gedächtnis – so wie die meisten meiner zweibeinigen Freunde auch. Ich hoffe, dass ich deutlich machen konnte, was und wer sie waren.

Harry Cauley

Sokrates

»›Schon gut‹, sagte die Katze und
verschwand diesmal ganz langsam,
wobei sie mit der Schwanzspitze anfing und
mit dem Grinsen aufhörte, das noch einige
Zeit sichtbar blieb, nachdem alles Übrige
schon verschwunden war.«
Lewis Carroll

Ich wuchs in einer Welt ohne Katzen auf. Nun ja, zumindest in einem Viertel ohne Katzen. Fast jeder hatte einen Hund, aber soweit ich mich entsinnen kann, hatte niemand eine Katze. Und in unserer Familie war erst recht kein Platz für eine, denn meine Mutter hatte als kleines Mädchen ein schreckliches Erlebnis mit einer Katze gehabt. Ein unausstehlicher Cousin hatte ihr einen alten Kater auf den Rücken geschleudert, als sie gerade nicht hinsah, und das verstörte Tier muss wohl seine Krallen in sie geschlagen und sich an ihr festgeklammert haben, jedenfalls führte es dazu, dass sie sich ihr Leben lang vor Katzen fürchtete. Eigentlich hatte sie nie einen Bezug zu Tieren gehabt, aber sie duldete sie. Sie hatte auch gar keine andere Wahl, denn mein Vater züchtete

Englische Setter und Vorstehhunde, ich hatte stets meinen eigenen Hund, und im Hinterhof gab es Tauben, Kaninchen und eine Vielzahl verwahrloster Tierjungen.

Die erste Katze trat in mein Leben, als ich meinen Wehrdienst absolviert und zu arbeiten begonnen hatte. Ich wohnte in Philadelphia, in Germantown, in einem baufälligen Sandsteinhaus, das kurz vor dem Abriss stand. In dem Gebäude befanden sich sechs sehr geräumige Wohnungen, doch aufgrund deren Baufälligkeit wurden nur noch zwei bewohnt – und zwar illegal, da bin ich mir sicher: meine im dritten Stock sowie die Wohnung direkt unter mir.

Es war in den frühen Sechzigern, als wir noch nicht unter Verfolgungswahn litten und keine Angst vor Einbrechern oder Schlimmerem hatten, wenn wir unsere Fenster offen stehen ließen. Da sich meine Wohnung im dritten Stock befand und es weder ein Vordach noch einen Baum oder eine Feuerleiter gab, über die man hätte hereinklettern können, ließ ich bei schönem Wetter mein Fenster stets offen stehen. Selbst wenn sich jemand die Mühe gemacht und einen Enterhaken ausgeworfen hätte, um zum Fenster hereinzuklettern, was – ohne Aufmerksamkeit zu erregen – ziemlich schwierig gewesen wäre, hätte er nichts gefunden, das er hätte klauen können. Meine

Einrichtung war so spartanisch wie die einer Mönchszelle. Ich hatte ein Bett und einen Nachttisch, auf dem eine gute Leselampe stand, aber nicht einmal eine Kommode. Meine Kleider verstaute ich in einer alten, ramponierten Militärtruhe. In dem geräumigen Esszimmer standen ein Küchentisch und zwei Stühle, und im Wohnzimmer lag eine Matratze, die als Sofa diente, mit dem obligatorischen indischen Baumwollüberwurf und ein paar Kissen darauf. Und ich besaß ein recht hübsches Kaffeetischchen, das ich auf der Straße gefunden hatte. An die Wände hatte ich mit Tesafilm und natürlich ohne Rahmen Reiseposter geklebt. Eine Mischung aus Bohemien und Beatnik, die meinen Zwecken diente und die ich prima fand.

Eines Abends – es war Anfang Herbst – kam ich von der Arbeit nach Hause und beschloss, ein kurzes Nickerchen zu machen und dann ins Kino zu gehen. Ich legte mich auf mein Bett und war kurz davor einzunicken, als mein verschlafener Blick durch das Zimmer schweifte und plötzlich auf eine Katze fiel, die auf dem Fenstersims saß. Ich dachte, ich sähe nicht recht. Sie musste geflogen sein, denn sonst gab es keinerlei Möglichkeit, zu dem Fenster zu gelangen. Mit einem Ruck setzte ich mich auf und erschreckte sie dabei genau so, wie sie mich erschreckt hatte. Ich war sprachlos. Die Katze oder besser gesagt der Kater hatte langes, hellgraues Fell mit einem Hauch von schildpattfarbenen Flecken. Seine Beine waren unverhältnismäßig lang und dünn wie die eines Teenagers, der schon ausgewachsen ist, seinen Körper aber noch nicht ganz ausfüllt. Der Kater starrte mich aus seinen dunkelgrünen Augen an, als wäre *ich* der Eindringling in seinem Revier. Regungslos saßen wir da und warteten ab, wer sich als Erster bewegen würde.

»Wo kommst du denn her?« Der Kater war so bezaubernd, dass ich glatt eine Antwort von ihm erwartete. Wenn er fliegen konnte, konnte er bestimmt auch sprechen. Als er meine Stimme hörte, blinzelte er, was für mich hieß, dass wir zu verhandeln begonnen hatten. Ich stand auf, versetzte ihn damit aber sogleich in Alarmbereitschaft. Als ich mich ihm nähern wollte, legte er die Ohren an und öffnete sein Maul zu einem lautlosen Fauchen. Das war ganz eindeutig eine Warnung, ich respektierte sie, ging einen Schritt zurück und setzte mich wieder aufs Bett. Diese Entfernung schien ihm angenehm zu sein, denn er stellte seine Ohren wieder auf und schien sich zu entspannen.

»Was nun?« Ich weiß nicht, wie lange wir dort gesessen und einander angesehen haben, bis er sich so weit beruhigt hatte, dass er sich zu putzen begann. Er hob eine Vorderpfote ans Maul, rollte sie ein und leckte sie ab. Ich hatte keine Ahnung von Katzen, aber ich dachte mir, dass sie sich wohl fühlen mussten, um ihre Katzenwäsche zu machen, und dies ein gutes Zeichen sei. Und das war auch der Moment, in dem ich beschloss, dass der Kater bleiben durfte, wenn er wollte.

Ich hatte Freunde, die in ihren Wohnungen Katzen hielten, also wusste ich, was zu besorgen war: Katzenklo, Katzenstreu, Fressnapf, Wassernapf, Trockenfutter, Dosenfutter. Wenn er bleiben wollte, würde er über Nacht nicht ohne Katzenstreu auskommen, also ging ich einkaufen. Als ich zurückkam, saß er immer noch auf dem Fenstersims.

»Jetzt bleibst du, ob du willst oder nicht. Immerhin habe ich über zwanzig Kröten in dich investiert. So was verpflichtet.« Er gähnte.

In meinem Schlafzimmer wollte ich auf keinen Fall ein Katzenklo stehen haben, darum beschloss ich, alles, was der Kater benötigte, in den Eingangsbereich zu stellen. Sobald er anfangen würde, es zu benützen, würde ich nach und nach das Katzenklo ins Badezimmer und Futter- und Wassernapf in die Küche schieben. Als ich alles platziert hatte, kehrte ich in mein Schlafzimmer zurück, setzte mich aufs Bett und wartete, bis er seinen ersten Abstecher in mein Reich starten würde. Dabei fing ich an, mit ihm zu sprechen. Ich erzählte ihm von meiner Arbeit in einem Buchladen und wies ihn darauf hin, dass ich der

Geschäftsführer des Ladens sei, dann erzählte ich ihm von meinem Traum, Schauspieler zu werden, den ich aufgegeben hatte, und von meiner Familie, von der Katzenphobie meiner Mutter, von dem Ort, an dem ich aufgewachsen war, von den Tieren, die ich gehabt hatte, als ich noch ein kleiner Junge war, wie sehr mir das Buch *Krieg und Frieden* gefallen hatte, einfach alles, was mir in den Sinn kam. Er muss mir stundenlang zugehört und daraufhin beschlossen haben, dass ihm nur eine einzige Gefahr von mir aus drohte: nämlich, dass ich ihn zu Tode langweilen könnte. Und so hüpfte er vom Fensterbrett herunter in mein Schlafzimmer und begann vorsichtig seine Entdeckungsreise. Nun konnte ich ihn mir genauer ansehen. Er war recht groß und wunderschön. Einer der größten Kater, die ich je gesehen hatte, und ich überlegte kurz, ob es wirklich sinnvoll war, ihn in meiner Wohnung zu behalten, denn ich wusste, dass ich den Kampf verloren hätte, wenn er jemals auf mich losgegangen wäre. Ohne mich eines Blickes zu würdigen, setzte er währenddessen seine Entdeckungsreise fort, vermutlich weil er begriffen hatte, dass er mir haushoch überlegen war. Und falls alle Stricke rissen, konnte er ja immer noch auf seinen unsichtbaren Katzenflügeln zum Fenster hinausfliegen.

Mit zuckendem Schnäuzchen und Schnurrbart beschnupperte er alles ganz genau. Doch da außer meinem Bett, dem Nachttischchen und der Militärtruhe keine Möbel in meiner Wohnung standen, konzentrierte er sich auf die Militärtruhe, die die Ostküste auf und ab gereist war, sogar Deutschland gesehen und bestimmt die tollsten Geschichten zu erzählen hatte. Als er genug geschnuppert und alle Eindrücke ausgewertet hatte, setzte er sich in ungefähr drei Metern Entfernung vor mich hin und starrte mich wieder an. Ich hatte das seltsame Gefühl, dass er darüber nachzudenken schien, wie er mit mir umgehen sollte. Also fing ich wieder an zu reden.

»Na schön, in *Krieg und Frieden* geht es um Russen …«, und diesmal ließ er mich wissen, was er von meinem Gebrabbel hielt. Er ging schnurstracks zum Katzenklo und benützte es, was ich als Zensur empfand, also hielt ich den Mund. Offensichtlich wusste er, wie man ein Katzenklo benutzt, und war nicht, wie ich befürchtet hatte, wild und ungezogen. Das beruhigte mich.

In den folgenden Monaten versuchten wir uns aneinander anzupassen. Und wie die meisten Katzenhalter passte ich mich allem an, was er verlangte. Er war ein recht nüchterner Kater ohne Sinn für Humor. Er war arrogant und misstrauisch und nicht eben der beste Mitbewohner, den ich mir hätte wünschen können. Immer wieder machte ich mir ernsthaft Gedanken darüber, ihn loszuwerden, doch ich wusste nicht, wie. Und ich glaube, auch er überlegte oft, wie er *mich* loswerden konnte.

Ich lernte, was ein Mäklersyndrom ist. Hunde essen meist dankbar, wenn nicht sogar wahllos alles, was man ihnen in den Napf schüttet. Katzen begutachten hingegen äußerst misstrauisch, was ihnen vorgesetzt wird, als wären sie Kritiker einer Gourmetzeitschrift für Katzen. Bestimmte Dinge aß er, andere versuchte er zu verdecken, als hätte er gerade das Katzenklo benutzt. An bestimmtem Katzenfutter schnupperte er ewig herum, probierte dann argwöhnisch einen Happen. Bei anderen Futtersorten mied er manchmal einen ganzen Tag lang die Küche. Mein ganzes Leben drehte sich nur noch um die Beschaffung des geeigneten Katzenfutters für diesen wankelmütigen, in meiner Wohnung ungeladenen und lange unerwünschten Gast.

Außerdem durfte man ihn nicht berühren. Genau wie eine Majestät nicht berührt werden darf. Obwohl er mich niemals kratzte oder biss, gab er mir unmissverständlich zu verstehen, dass ich meinen Arm verlieren würde, wenn ich auch nur versuchte, ihn zu streicheln. Dann nahm er sogleich das Aussehen einer Wildkatze an: Er legte die Ohren flach, krümmte den Rücken, verengte seine smaragdgrünen Augen zu

Schlitzen und öffnete das Maul zu einem lautlosen Fauchen. Ich zog mich daraufhin immer in sichere Entfernung zurück, pflegte mein angeschlagenes Ego und beugte mich der Tatsache, dass er niemals mein bester Freund werden würde. Und ich fragte mich, warum zum Teufel ich ihn überhaupt behielt.

So eingeschränkt unsere Beziehung auch sein mochte, war es doch faszinierend, ihn anzusehen. Jede seiner Bewegungen erinnerte an seine großen Vettern, die Raubkatzen. Schon wenn er den Flur entlanglief oder auf das Fenstersims sprang, sah er wie ein Löwe, Tiger oder Leopard aus, wirkte Furcht erregend und arrogant und dennoch über alle Maßen elegant und anmutig zugleich. Und während ich ihm zusah, fragte ich mich immer wieder, woher er kam und was ihm in seinem kurzen Katzenleben wohl alles widerfahren sein mochte. Warum war er nur so vorsichtig? Hatte man ihn misshandelt? Die größte aller Fragen blieb jedoch, wie er auf das Fenstersims gekommen war. Doch selbst wenn er hätte reden können, hätte er es mir vermutlich nicht verraten. Sogar die Sphinx wäre gesprächiger gewesen.

Ich glaube, er schlief, während ich bei der Arbeit war, denn abgesehen von den Augenblicken, in denen er auf dem Fenstersims döste – und selbst da schien er stets ein Auge offen zu halten –, sah ich ihn niemals schlafen. Egal wann ich zu Bett ging, begab er sich stets zu einer Stelle, die er sich an meiner Schlafzimmertür ausgesucht hatte. Ich legte ihm eine Wolldecke auf den Boden, doch anstatt darauf zu schlafen, setzte er sich links daneben. Der Kerl tanzte nur nach seiner eigenen Pfeife. Im Flur stand ein kleines Nachtlämpchen, das ein schwaches Licht auf ihn warf, sodass ich ihn Nacht für Nacht beim Putzen beobachten konnte, und jedes Mal wunderte ich mich, wie anspruchsvoll er dabei war. Nichts ist faszinierender, als einer Katze bei ihrer Wäsche zuzusehen. Das wiederholte Strecken, Biegen, Sich-Zusammenrollen und Lecken, bis jedes Haar exakt an der Stelle war, an der er es haben wollte, hatte eine so einschläfernde Wirkung auf mich, dass ich es vermutlich niemals schaffte, so lange wach zu bleiben, bis er fertig war.

Er hatte noch etwas ganz Außergewöhnliches an sich, er verursachte niemals irgendein Geräusch. Während der gesamten Zeit, die wir zusammen verbrachten, hat er nicht einmal miaut. Im Grunde war er stumm. Was er noch am ehesten von sich gab, war der rasselnde Luftstoß, wenn er fauchte, doch auch das geschah nur, wenn er sein Revier bedroht fühlte. Ich kann nicht sagen, ob sein Schweigen eine organische Ursache hatte oder selbst gewählt war.

Wie und wann ich ihm einen Namen gegeben habe, weiß ich nicht mehr. Ich wüsste nicht, dass ich mir je Gedanken darüber gemacht oder bei einer Flasche Wein mit Freunden darüber diskutiert hätte oder einer seiner Charakterzüge mir einen Namen suggeriert hätte. Eines Tages hieß er einfach Sokrates, das war's. Im Nachhinein scheint das zwar ein recht hochtrabender Name gewesen zu sein, doch damals war ich jung, hatte Europa bereist, war Geschäftsführer eines Buchladens, las Kerouac und Sartre, kleidete mich vorwiegend schwarz, veranstaltete Lesungen in meiner Wohnung, ging ins Theater und hörte klassische Musik. Wenn jemand das Recht hatte, hochtrabend zu sein, dann war ich das.

Sokrates und ich lebten bereits sechs Monate zusammen, als ich über das Wochenende Besuch bekam. Meine beiden Nichten, Kathleen, acht Jahre, und ihre jüngere Schwester Colleen, damals sechs, kamen zu mir. Ich hatte sie einmal beiläufig nach Philadelphia eingeladen, und nachdem sie meiner Schwester und meinem Schwager Monate lang in den Ohren gelegen hatten, brachten sie sie schließlich zum Bahnhof und setzten sie – voller Angst, da bin ich mir sicher – für die einstündige Fahrt in den Zug. Sie waren ganz auf sich gestellt, ohne einen Erwachsenen, der ihnen sagen konnte, wie sie sich zu verhalten hatten. Meine Nichten fanden es herrlich, und beide sind seit der

Zeit ausgesprochen unabhängig. Sie strahlten, als sie in Philadelphia aus dem Zug stiegen. Zur damaligen Zeit putzte man sich für eine Reise noch fein heraus, selbst Kinder, und so waren die beiden mit ihren Hütchen, weißen Handschuhen und kleinen Köfferchen der absolute Renner am Bahnsteig.

Bevor sie kamen, stellte ich zwei Überlegungen an. Erstens, wie würde Sokrates auf sie reagieren, und zweitens, wie konnte ich meine ziemlich trostlose Wohnung auf Vordermann bringen, sodass sich zwei kleine Mädchen darin wohl fühlen würden? Bei Sokrates musste ich auf der Hut sein und abwarten. Was hingegen die Wohnung betraf, fand Marguerite, eine Frau, die mit mir im Buchladen arbeitete, die Lösung. Ich ging in einen Laden für asiatische Waren und besorgte mir ein Dutzend Papierlampions und ein paar Lichterketten, ging nach Hause und zauberte. Wenn man in einem Gebäude wohnt, das kurz vor dem Abriss steht, kann man schließlich ganz unbekümmert Nägel in die Wände schlagen. Als ich fertig war, sah meine Wohnung aus, als wäre sie für das chinesische Neujahrsfest geschmückt worden. Die Mädchen durften im Schlafzimmer übernachten, das durch den gedämpften Laternenschimmer wie ein orientalisches Bordell wirkte. Ich hingegen schlief auf der Matratze im Wohnzimmer, das nun wie eine drittklassige Sushibar aussah. Ich hatte eine Chrysantheme besorgt und in einer billigen Vase auf den Tisch gestellt, ein netter Anblick, wie ich fand, der dem Begriff »Minimalismus« eine neue Bedeutung verlieh. Den Mädchen erzählte ich, meine Einrichtung sei asiatisch und die asiatische Kultur sehr funktionell, weil sie nur das absolut Unentbehrliche vorsehe. Beide fielen voll darauf herein und fanden es toll. Ich wusste, dass sie zu ihren Eltern zurückkehren und sie bitten würden, die Wohnung umzudekorieren. Wir holten unser Essen beim Chinesen, nahmen es mit nach Hause, setzten uns an das Kaffeetischchen und aßen mit Stäbchen. Wir gingen am Fluss spazieren, besuchten den Tierpark und kamen zu dem Schluss , dass wir Tierparks nicht leiden konnten. Wir gingen zweimal ins Kino und waren uns einig, dass wir Filme liebten. Wir aßen Pizza, sangen unzählige Lieder, und ich brachte ihnen das Tangotanzen bei. Es war einfach ein perfektes Wochenende.

Was Sokrates betraf, so erzählte ich ihnen, dass er ziemlich launisch sei und man ihm besser fernblieb. Für Colleen, die Jüngere der beiden, war das in Ordnung, sie hatte dasselbe Problem mit Katzen wie ihre Großmutter. Kathleen war hingegen eher wie ich, sie wollte ihn unbedingt streicheln. Sokrates war von den beiden fasziniert, obwohl er niemals so zum Vorschein kam, dass sie ihn gut hätten sehen können. Wie immer, wenn Fremde in der Wohnung waren, hielt er sich irgendwo im Schatten oder in einer Ecke versteckt und ließ sie keinen Moment aus den Augen. Bedrohlich wirkte er dennoch nie, er war einfach nur neugierig.

An dem zweiten Abend, den sie bei mir verbrachten, waren sie von unseren Unternehmungen so geschafft, dass sie um acht ins Bett fielen. Mir ging es nicht anders. Ich deckte sie zu, kehrte zu meiner Sushibar zurück, legte mich mit einem Buch hin und schlief ein, noch bevor ich die erste Seite umgeblättert hatte. Einen Tag in einem Kohlebergwerk zu verbringen ist nichts im Vergleich dazu, zwei Kinder zu unterhalten. Selbst wenn diese Kinder anspruchslos sind und man viel Spaß mit ihnen hat.

Gegen zehn wachte ich auf und wollte vorsorglich noch einmal nach ihnen sehen. Also ging ich auf Zehenspitzen den Flur entlang und bemerkte, dass Sokrates nicht an seinem gewohnten Fleckchen saß. In Panik kamen mir unwillkürlich die schrecklichsten Horrorgeschichten in den Sinn, wie Kinder von Katzen erstickt werden. Wenn man für Kinder anderer Leute verantwortlich ist, verlässt einen jegliches rationale Denken, und innerhalb weniger Augenblicke verwandeln sich die Gedanken in einen einzigen Gruselfilm. Ich wusste nicht, was mich erwartete, sobald ich die Tür öffnen würde, doch das Herz schlug mir bis zum Hals, ich schwitzte und war kurz davor, einen gellenden Schrei von mir zu geben. Und da lag er am Fußende des Bettes, schlief zwar nicht, hatte sich aber bequem zusammengerollt und schaute mich an wie einen Eindringling. Die Mädchen hatten mich gebeten, die Lampions anzulassen, und so waren alle drei in ein warmes, sepiafarbenes Licht getaucht, das sie wunderschön erscheinen ließ. Wie ein Bild von Norman Rockwell zu seiner besten Zeit. Mir versetzte es einen Stich.

Ich war eifersüchtig. Kein einziges Mal in all den sechs Monaten war dieser Kater auch nur in die Nähe meines Bettes gekommen, wenn ich darin lag. Ich fühlte mich wie ein Aussätziger, wie ein Unberührbarer. Er kam mir seinerseits wie ein Schmarotzer und Verräter vor, und ich fing an zu überlegen, wie ich ihn loswerden konnte. Außerdem gab er mir auch noch das Gefühl, mies und kleinlich zu sein, weil ich auf meine Nichten eifersüchtig war, sodass ich mich auch noch über mich selbst ärgerte.

Am folgenden Tag ging ich mit den Mädchen zur Messe, dann zum Brunch und brachte sie anschließend zum Bahnhof. Nur ungern ließ ich sie in den Alltag ihres jungen Lebens zurückkehren – in die Schule zu den Nonnen, nach Hause zu ihrem kleinen Bruder, zu Vater und Mutters Autorität und allem, was sich gegen ein Kinderleben noch so verschwören kann. Wie sollten sie das alles nach zwei Tagen im Paradies von Shangri-La nur aushalten? Heim und Herd konnten im Vergleich dazu ja nur verblassen. Nach einem tränenreichen Abschied und endlosem Winken an den Fenstern, das einem Film über den Zweiten Weltkrieg alle Ehre gemacht hätte, fuhr der Zug an, und ich lief zu meinem Datsun.

Als ich nach Germantown zurückfuhr, dachte ich an Sokrates und versuchte, die Dinge so objektiv wie möglich zu betrachten. Er war ein hübscher Kater, der mich nicht mochte, und auch ich fing an, ihn nicht zu mögen. Obwohl ich zugeben musste, dass er keine großen Umstände machte und seine Gesellschaft in der Wohnung angenehm war. Er war jemand, mit dem man sich unterhalten konnte. Doch war es das wert? Schließlich war er nur ein Kater. Außerdem diskutierten wir weder über die aktuellsten Bücher noch über Politik oder Religion. Ich fütterte ihn, machte sein Katzenklo sauber, und zum Dank dafür starrte er mich an und schlief bei Fremden. Auf diese Art von Ablehnung konnte ich getrost verzichten. Vielleicht lebte er ja noch fünfzehn Jahre, und die Vorstellung, dass wir uns fünfzehn Jahre lang nur mühsam tolerieren würden, war nicht gerade erbaulich.

Als ich nach Hause kam, hatte ich beschlossen – falls ich ihn überhaupt zu fassen bekäme –, ein neues

Zuhause für ihn zu finden und dann noch einmal von vorne zu beginnen, indem ich ein Kätzchen aus dem Tierheim adoptieren würde. Nun, zumindest war das mein Plan.

Als ich in meine Wohnung kam, versuchte ich jeden Augenkontakt mit ihm zu vermeiden, denn schon zu Beginn unserer Beziehung hatte ich festgestellt, dass er nicht nur meine Stimmung erfassen, sondern auch meine Gedanken lesen konnte. Falls er außerdem mitbekommen sollte, dass ich darüber nachdachte, ein neues Zuhause für ihn zu finden, wäre nicht auszudenken gewesen, was er mir hätte antun oder wie er mich hätte verschwinden lassen können.

Ich ließ die Lampions hängen. In einer Sushibar zu wohnen war im Grunde gar nicht so schlecht. Die Mädchen hatten alles in perfekter Ordnung hinterlassen und sogar das Bett gemacht, wofür bestimmt eine Anweisung meiner Schwester verantwortlich gewesen war. Also hatte ich den restlichen Sonntag nichts anderes zu tun, als Sokrates aus dem Weg zu gehen. Das war nicht leicht. Er spürte, dass irgendetwas im Busche war, und beobachtete jeden meiner Schritte. Er starrte mich unentwegt an, bis ich schließlich genug hatte, einen Freund anrief, mich zum Essen mit ihm verabredete und anschließend ins Kino ging. Ich kam spätabends zurück, öffnete die Tür und sah, dass der Kater auf dem Kaffeetischchen saß und auf mich wartete. Nie zuvor hatte er das getan, und das beunruhigte mich sehr. Es ist entnervend, wenn ein Tier sich plötzlich seltsam verhält, zudem hatte ich gelesen, dass es ein Zeichen für Tollwut sein kann, wenn ein wildes Tier sein angestammtes Verhalten ändert. Warum sollte dies nicht auch für einen kaum gezähmten Kater zutreffen? Als ich mich irgendwann ins Bett legte, war ich fast davon überzeugt, einen tollwütigen Kater im Haus zu haben, der plante, mich um die Ecke zu bringen.

Ich lag schon im Bett, als Sokrates zu seinem gewohnten Plätzchen im Türeingang spazierte. Ich entspannte mich ein wenig. Doch um mich weiterhin zu beunruhigen, machte er diesmal keine Katzenwäsche. Er saß nur da und starrte mich an, bis ich – noch fix und fertig vom Wochenende – nicht mehr konnte und einschlief. Ich weiß nicht, wie lange ich geschlafen hatte, doch plötzlich spürte ich am Fußende meines Bettes eine Bewegung, und als ich hinsah, saß er da und putzte sich. Welch ein Triumph! Am liebsten hätte ich eine ganze Blaskapelle aufspielen lassen, wäre zum Fenster gegangen und hätte der Welt laut zugerufen, dass meine Katze auf meinem Bett saß und das Leben schön war. Außerdem wollte ich ihm für seinen überschwänglichen Liebesbeweis danken. Stattdessen sah ich ihm einfach nur bei seinem Putzritual zu und wusste, dass wir irgendwie Freunde geworden waren.

Wir schlugen ein entspannteres, wenn auch nicht gerade innigeres Kapitel unseres Zusammenlebens auf. In den kommenden Monaten lebten wir einfach friedlich nebeneinander. Ich durfte ihn zwar immer noch nicht streicheln, doch das machte mir nichts aus. Ganz gleich, wie viel oder wie wenig Vertrauen er zu mir hatte, es war in jedem Fall ein großes Geschenk und so schmeichelhaft für mich, dass ich nicht mehr erwartete. Jeden Abend wartete er auf mich an der Tür und strich mir fast um die Knöchel, wenn ich nach Hause kam. Mehr verlangte ich auch gar nicht. Wir waren glücklich miteinander, anspruchslos, unterstützten einander und brachten uns Respekt entgegen. Mann und Kater hatten sich geeinigt, der Vertrag war unterzeichnet. Es war ein seltsam befriedigendes und für meine Seite äußerst stabiles Verhältnis.

Irgendjemand hat einmal gesagt, dass wir nur einen Anruf weit von einer Katastrophe oder dem großen Glück entfernt sind. Ich selbst möchte mir nicht allzu viele Gedanken darüber machen, denn das tägliche Leben ist schon stressig und hart genug, doch weiß ich, dass ein einziger Telefonanruf ein Leben völlig verändern kann. Mir ist das durchaus öfter passiert. Kurz zuvor hatte ich beschlossen, meine

Theaterkarriere an den Nagel zu hängen und mit meinem Job als Geschäftsführer eines Buchladens so glücklich wie nur möglich zu werden. Mein Leben war schön. Ich lebte gerne in Philadelphia, hatte gute Freunde, wurde intellektuell gefordert, verfügte über genug Geld, um über die Runden zu kommen, ein Auto, das meistens auch funktionierte, und einen Kater, der am Fußende meines Bettes schlief. Doch dann kam der famose Telefonanruf: ein fünfzehnminütiges Gespräch mit Marte und Bill Slout, einer alten Bekannten und ihrem neuen Mann, die ein Sommertheater in Michigan führten. Ade Buchhandlung. Seid gegrüßt, Erfüllung, Begeisterung, Kameradschaft, Unsicherheit, Eifersüchteleien, große sowie miese Rollen und Arbeitslosigkeit. Ich bin ihnen unendlich dankbar, dass sie mich gerettet und mein Leben wieder in die richtigen Bahnen gelenkt haben. Es ist schon erstaunlich, was ein Telefonanruf bewirken kann.

Nachdem ich meine Freunde um einige Abschiedsessen und große Abschiedspartys erleichtert hatte, bereitete ich mich auf meine Abreise vor. Ich hatte noch ein paar Wochen Zeit, also erledigte ich alles, was zu erledigen ist, wenn einem eine größere Lebensumstellung bevorsteht. Ich schloss mein mageres Bankkonto, ging zum Friseur, brachte meinen Datsun in die Werkstatt, kaufte neue Unterwäsche und einen

Katzenreisekorb für Sokrates. Als ich diesen nach Hause brachte, beäugte er ihn misstrauisch, sah mich dann einen Augenblick lang an und verschwand unter dem Bett. Ich hatte ihn noch nie vor irgendetwas fliehen gesehen. Was mochte der Katzenkorb für eine Bedeutung für ihn haben? Es musste der Schlüssel zu seiner Vergangenheit sein, doch ich wusste, dass es nach wie vor ein Geheimnis war, das niemals gelüftet werden würde.

Als ich nach meinem letzten Arbeitstag, der emotionsbeladener gewesen war, als es ich vermutet hätte, nach Hause kam, stand Sokrates nicht an der Tür. Ich rief nach ihm, doch er reagierte nicht, ich suchte ihn, konnte ihn aber nirgends finden. Weder wartete er in der Küche auf sein Futter, noch saß er auf der Fensterbank und sah dem Treiben auf der Straße zu. Er war nicht unter dem Bett. Er war nicht mehr in der Wohnung. Er hatte sich aus dem Staub gemacht, und ich war traurig. Ich ging ein Stockwerk tiefer zu meiner Nachbarin und fragte sie nach ihm, doch sie hatte ihn auch nicht gesehen. Bis gegen zehn Uhr abends ging ich die Straße auf und ab und rief nach ihm, dann kehrte ich nach Hause zurück, davon überzeugt, dass er an der Tür auf mich warten würde. Dem war nicht so. Erneut suchte ich die ganze Wohnung nach ihm ab, doch Sokrates war nirgends zu finden. Irgendwann ging ich ins Bett, konnte aber kein Auge zutun.

Meine Wohnung wirkte riesig und leer, und der sanfte Glanz der Lampions ließ sie nicht warm und gemütlich erscheinen, sondern verlieh ihr eine eher unheimliche, fast außerirdische Atmosphäre. Nachdem ich endlich eingeschlafen war, warf ich mich unruhig hin und her, wachte immer wieder auf und erwartete, dass er am Fußende des Bettes sitzen und sich putzen würde. Die ganze Nacht versuchte ich mir einzureden, dass er zurückkommen würde. Warum auch nicht? Schließlich war er ja auch einfach aufgetaucht. Konnte er da nicht auch einfach wieder verschwinden und dann wieder auftauchen? Alles scheint möglich, wenn man im Dunklen zusammengerollt daliegt und versucht, die Nacht irgendwie herumzukriegen. Doch im Angesicht des kalten Tageslichtes musste ich der Realität ins Auge sehen. Er war verschwunden.

Am nächsten Morgen durchkämmte ich wieder die Nachbarschaft, hängte Zettel aus, auf denen ich eine Belohnung aussetzte und meine Telefonnummer angab. Eine Woche verstrich, doch niemand meldete sich. Ich musste abreisen, denn sonst wäre ich nicht rechtzeitig zur ersten Probe in Michigan erschienen. Ich war so mit Sokrates beschäftigt gewesen, dass ich ganz vergessen hatte, mein Bett und die paar anderen Dinge loszuwerden, die in meiner Wohnung standen – also ließ ich einfach alles zurück. Ich packte meine sieben Sachen ins Auto und hielt die ganze

Zeit über Ausschau nach einem grauen Schatten. Ich war immer noch davon überzeugt, dass er irgendwie wusste, dass ich abreiste, und dass er in letzter Minute noch auftauchen würde.

Bevor ich die Wohnungstür hinter mir zuzog, machte ich alle Lichter aus, füllte seine Näpfe mit Futter und frischem Wasser, nur für den Fall, dass er zurückkäme. Ich ging noch einmal bei meiner Nachbarin vorbei, traf sie aber nicht an und hinterließ ihr einen Zettel mit einer Telefonnummer, unter der sie mich erreichen konnte, falls er doch noch auftauchen sollte. Dann verließ ich das Haus, stieg in den Wagen, drehte den Schlüssel um und startete, kam aber irgendwie nicht los. Ich hatte das Gefühl, dass er mich beobachtete. Irgendwo unter einem Busch, einem geparkten Auto oder einem Vordach sahen mich seine grünen Augen an und fragten sich, warum ich ihn einfach zurückließ, und ich hätte ihm so gerne zu verstehen gegeben, dass ich ihn nicht einfach verließ. Ich musste abreisen. Ich hatte keine andere Wahl. Schließlich legte ich den Gang ein und raste mit dem leeren Katzenkorb auf der Rückbank zum Schuykill-Expressway. Ich habe Sokrates nie wieder gesehen.

So schnell und geheimnisvoll er in mein Leben getreten war, so schnell verschwand er auch wieder daraus. Wenn ich mich meinen Phantasien überlasse, dann muss ich an ihn wie an einen Phantomkater denken. Einen Geisterkater, der vielleicht in dem Haus gelebt hatte, als es noch neu und voller Leben gewesen war. Vielleicht war er nur zu Besuch gekommen, weil er noch etwas zu erledigen hatte. Vielleicht durfte ich ihn deshalb niemals streicheln. Diese Erklärung ist so gut wie jede andere.

Aber eines ist merkwürdig: Wenn ich heute meine Nichten nach dem Wochenende frage, das sie bei mir verbracht haben, können sie sich an alles erinnern. An die Lampions, das chinesische Essen, den Tango … Nur nicht an einen großen grauen Kater.

Marlene Kazanchak

»Wer weiß, ob ich nicht für meine Katze
eher ein Zeitvertreib bin als sie für mich,
wenn ich mit ihr spiele.«
Michel de Montaigne

Ich weiß nicht, ob ich an Schicksal oder Zufall glaube. Eines weiß ich jedoch: Nämlich dass die Liste der Dinge, die ich nicht weiß, immer länger wird, je älter ich werde. Zufall, Karma, Kismet, Schicksal … Wie immer man das nennen mag, ich denke, dass manche Dinge einfach geschehen, bestimmte Menschen einander begegnen oder gewisse Ereignisse stattfinden *müssen*. Die Wahrscheinlichkeit einer Begegnung zwischen gewissen Menschen oder die bestimmter Abläufe ist oft so gering, dass die einzige Erklärung dafür, nun ja, nur das Schicksal sein kann. Vermutlich möchte ich gerne an die Vorsehung glauben, besonders dann, wenn es meinen Zwecken dient. Wie gesagt, wissen tue ich es nicht, doch eine der wunderbarsten Katzen, mit der ich je zusammengelebt habe, trat unter so seltsamen Umständen in mein Leben, dass das Schicksal ohne Zweifel die Hand mit im Spiel gehabt haben muss.

Der Sommer neigte sich damals seinem Ende zu. Ich hatte mit zwei Partnern ein eigenes Sommertheater in West Pennsylvania gegründet. Die Eröffnung war Anfang Juni gewesen, und wir waren davon ausgegangen, dass wir ständig ausverkauft sein würden. Wir mussten uns jedoch bald eines Besseren belehren lassen und feststellen, dass es Jahre bedarf, bis man sich ein Publikum erspielt hat. Sicher war dies mit einer der härtesten, aber auch befriedigendsten Jobs, die ich in meinem Leben innehatte. Im Laufe der dreizehn Jahre, in denen wir das Theater besaßen, haben wir außerdem ein paar wirklich hervorragende Aufführungen zustande gebracht, und ich bin Menschen begegnet, die auch jetzt noch eine wichtige Rolle in meinem Leben spielen.

Doch am Ende dieser ersten Saison, als wir das Theater für den Winter dichtgemacht hatten, beeilte ich mich, todmüde, völlig abgebrannt und auch noch hoch verschuldet, um nach New York zurückzukehren, wo ich zur damaligen Zeit wohnte. Ich hatte gerade genug Geld, um mein Benzin, die Tunnelmaut und ein paar Mahlzeiten zu bezahlen. Während ich mit erheblich überhöhter Geschwindigkeit die Route 22 entlangraste und nicht einen Blick auf die fabelhaften Herbstfarben des Laubes warf, weil ich hin und her überlegte, wovon wir die Rechnungen bezahlen sollten, die sich über den Sommer angesammelt hatten, sah ich ein Kätzchen am Straßenrand sitzen. Wir waren auf einem langen, einsamen Streckenabschnitt der Autobahn, an der zehn Meilen im Umkreis kein einziges Haus stand. Ich fuhr an den Straßenrand, setzte zurück, stieg aus dem Wagen und suchte die Böschung ab, bis ich das Kätzchen gefunden hatte. Wirklich außergewöhnlich war, dass ich das Kätzchen überhaupt wahrgenommen hatte, obwohl es so unglaublich klein war. Irgendwie hatte ich es auf wundersame Weise zwischen Müll und Unkraut und bei fünfundsiebzig Meilen in der Stunde gesehen, obwohl es kaum größer als ein Brötchen war. Wenn das keine schicksalhafte Fügung war? Das Kätzchen war halb tot und miaute herzzerreißend alles an, was sich bewegte. Um an den Straßenrand zu gelangen, hatte es einen kleinen Hügel erklimmen müssen, doch irgendwie hatte es das geschafft. Ich glaube, dass der Straßenlärm es angezogen hatte. Als ich die winzige Katze auf den Arm nahm, fing sie an, meine Hand zu beschnuppern, und stieß auf der Suche nach einer Zitze mit dem Schnäuzchen gegen meine Handfläche. Sie wirkte unterentwickelt. Zuerst war ich mir gar nicht sicher, dass es ein Kätzchen war, doch ich wusste, dass wilde Tiere im Herbst keine Jungen bekommen. Auch wenn es vielleicht schon alt genug war, um die Augen öffnen zu können – was ich nicht glaube –, so waren diese vereitert und völlig verklebt, und es hielt sie geschlossen. Und obwohl es auf meiner Hand in der warmen Sonne saß, zitterte es am ganzen Leib. Dieses Kätzchen war das traurigste und verlassenste kleine Geschöpf, das ich je gesehen hatte. Ich setzte mich wieder in den Wagen und raste weiter. Wie war es wohl an ein so einsames Fleckchen gelangt? Erst Monate später kam mir in den Sinn, dass ich wohl hinter der Böschung in einer Tasche oder einem Korb ihre Geschwister gefunden hätte, wenn ich nur hinuntergeschaut hätte. Wenn wir, wie es in der Bibel steht, tatsächlich die Beschützer aller Tiere sein sollten, so versagen wir darin oft kläglich.

Die nächste Ortschaft bestand aus nicht viel mehr als einer Kreuzung, doch immerhin gab es einen Tierarzt. Der mürrische Alte, der sich vorwiegend um das Landvieh kümmerte, bot mir an, es einzuschläfern. Niemals hätte ich zugelassen, dass irgendjemand dieses Kätzchen einschläferte, so vernünftig der Vorschlag des Tierarztes auch sein mochte. Ich wollte alles in meiner Macht Stehende tun, um es durchzubringen. Ich fühlte mich für die kleine Katze verantwortlich, gar keine Frage. Schicksal. Also säuberte er ihr die Augen, gab mir etwas Milch und eine Spritze ohne Nadel mit auf den Weg, damit ich sie füttern konnte, bis ich an eine Flasche herankam. Er konnte wirklich nicht mehr tun, als mir zu sagen, ich solle mir keine großen Hoffnungen machen. Als ich ihn bezahlen wollte, lehnte er freundlich ab und gab mir stattdessen eine Spülung für ihre Augen mit, die ich so oft wie möglich anwenden sollte. Wahrscheinlich fand er mich ebenso Mitleid erregend wie das armselige Kätzchen. Wir versuchten, ihm ein wenig Milch einzuträufeln, doch es nahm nur sehr wenig an und schlief dann in meiner Hand ein. Als ich die Praxis verließ, schüttelte der Tierarzt nur den Kopf. Ich habe mich immer wieder gefragt, wie oft er wohl die Geschichte von dem Trottel mit dem todgeweihten Kätzchen erzählt hat, jedenfalls bedaure ich, dass ich mir seinen Namen und seine Adresse nicht notiert habe, um ihm zu schreiben und mitzuteilen, was aus unserem kleinen Pechvogel geworden war.

Zur damaligen Zeit besaß ich einen siamesischen Kater namens Nutsy, der so sanft, freundlich, liebenswert und mutig war, dass er ein eigenes Kapitel verdient hat. Doch dazu will ich erst später kommen. Der Grund, weshalb ich ihn hier schon erwähne, ist, dass er zum Überleben des kleinen kranken Kätzchens entscheidend beigetragen hat. Als ich in New York ankam, flößte ich dem Kätzchen mit einer Puppenflasche ein wenig Milch ein. Was es aber ebenso dringend benötigte wie Futter, war liebevolle Fürsorge. Was ich geben konnte, war nicht genug, also besorgte Nutsy den Rest. Regungslos lag er da, während die kleine Katze an seinem Fell nuckelte, als würde sie gestillt, bis sie einschlief. Er putzte sie und kümmerte sich um sie, eine Katzenmutter hätte es nicht besser machen können. So viel also zu all den Geschichten über alte Kater, die Kätzchen umbringen. Tiere sind genauso seltsam und verschieden wie Menschen auch, nur mit einem Unterschied: Sie sind um einiges verlässlicher.

Während der ersten Woche war ich mir sicher, dass sie nicht überleben würde, denn dazu fraß sie zu wenig. Ich wusste aber, dass sie eine Kämpfernatur war, also gab auch ich die Hoffnung nicht auf. Ihre Augen besserten sich, doch zum Fressen konnte ich sie kaum bewegen. Ein Tierarzt in New York gab mir die verschiedensten Rezepte, die ich alle ausprobieren sollte, doch keines schien, sie zu interessieren. An Nutsys Fellbüschel zu nuckeln war offenbar befriedigender. Doch eines Morgens hatte sie aus keinem ersichtlichen Grund einen enormen Hunger. Nun konnte sie gar nicht genug bekommen. Wäre so etwas in einer dieser Soaps im Fernsehen passiert, wäre vermutlich ein Arzt aus seinem Sprechzimmer in den Wartesaal getreten und hätte verkündet: »Sie hat's gerade noch mal geschafft, alles wird gut.« Sie hatte es tatsächlich geschafft. Sie war zwar immer noch wackelig auf ihren spindeldürren Beinen, doch genauso verspielt und fordernd, wenn sie Hunger hatte, wie jede Katze ihres Alters, selbst wenn sie kaum zu wachsen schien.

So wie ein Gänseküken sich das Erste, was es sieht, einprägt und denkt, dass es seine Mutter ist, so war diese Katze auf mich fixiert. Ich war ihr alleiniger Privatbesitz von der Minute an, als ich sie am Straßenrand aufgelesen hatte, und so gering mein Beitrag auch gewesen sein mochte, um ihre Überlebenschancen zu verbessern, so groß war der Lohn dafür. Nichts kam dieser bedingungslosen Liebe gleich.

Sie war bunt gefleckt mit weißgrau getigerten Beinen und hatte einen kleinen braunen Fleck unter dem Kinn und auf ihrem rechten Hinterbein. Obwohl sie irgendwann die Probleme mit ihren Augen überwunden hatte, entdeckte ich später, dass ihre Pupillen starr blieben. Das schien sie jedoch in keiner Weise zu beeinflussen, abgesehen davon, dass sie bei grellem Licht blinzeln musste. Und sie fing genauso gerne Ungeziefer und Mäuse wie jede andere Katze auch. Ihre großen dunklen, gelb umrandeten Augen, die aus ihrem kleinen runden Gesicht guckten, ließen ihren Blick stets neugierig und verschreckt zugleich wirken.

Wenn ein Tier einen Grund gehabt hätte, wachsam und misstrauisch zu sein, so wäre sie das gewesen, bedenkt man die Umstände, unter denen sie gefunden worden war. Doch abgesehen von der Tatsache, dass sie ab und zu Fremden gegenüber scheu war, war sie glücklich und hatte sich gut eingelebt, was sie meiner

Meinung nach vor allem Nutsy zu verdanken hatte. Seine elterliche Fürsorge war unermesslich.

Da sie so winzig war, nannte ich sie einfach nur Little Cat. Dieser Name passte wie die Faust aufs Auge. Für den Rest ihres langen Lebens sollte sie danach auch Little Cat bleiben. Aber sie bekam noch einen zweiten Namen. Als sie ungefähr vier Jahre alt war, saß sie während einer Grillparty in einem Apfelhain hinter unserem Sommertheater auf meinem Schoß, als Nancy Chesney, eine meiner Co-Produzenten und zugleich Hauptdarstellerin der Truppe, ihr eine Papierserviette um den Kopf band. Sie sah aus wie eine jener osteuropäischen Einwanderinnen, die man von Fotos kennt, eines dieser hübschen Mädchen mit rundem Gesicht und großen staunenden Augen, die die Neue Welt zu erobern gedachten. Und da ich Schriftsteller war, musste ich dieser neuen Figur, dieser osteuropäischen Einwandererkatze, die plötzlich im Apfelhain saß, auch einen Namen geben. Ich weiß nicht mehr, ob Nancy oder mir der Name einfiel, doch ich will einmal in aller Bescheidenheit die Lorbeeren für mich einheimsen. Der Name Marlene Kazanchak war einfach perfekt für sie. Und so hieß Little Cat ab und an auch Marlene K. oder Miss Kazanchak. Sie reagierte gelassen auf beide Namen, auch wenn ihre geweiteten Pupillen sie immer so aussehen ließen, als höre sie den Namen zum ersten Mal.

Mein Leben hatte so in den folgenden Jahren seine Höhen und Tiefen, doch Little Cat und der Rest meiner Tierfamilie waren immer mit von der Partie. Wir wohnten mal im fünften Stock ohne Aufzug, dann in verschiedenen anderen Wohnungen ohne fließend warmes Wasser in New York City, während des Sommertheaters an einem Plätzchen am Strand in Virginia, wo sie durch die Dünen rennen konnte, in einer bezaubernden malerischen Blockhütte in Pennsylvania, in der es reichlich Mäuse gab, in einem Haus mit Schwimmbad in den Hügeln von Hollywood und da, wo ich jetzt in Kalifornien lebe. Sich an irgendeine neue Bude zu gewöhnen schien nie ein Problem zu sein. Zu Hause war immer da, wo ich meine Koffer auspackte, und da Katzen von Natur aus neugierig sind, war jeder neue Ort gleichzeitig auch ein großes Abenteuer. Little Cat zog aber nicht nur mit mir um, sondern ging sogar mit auf Tournee, war die treue Seele der Truppe und wurde von allen gehätschelt.

Sie selbst machte auch Karriere am Theater. Doch so schnell ihr Stern auch aufging, so schnell ging er auch wieder unter. Wir spielten ein Stück, in dem auch eine Katze vorkam, und da sie so folgsam war, schien Little Cat die perfekte Besetzung zu sein. Sie musste nicht einmal vorsprechen. Glauben Sie mir, es lohnt sich, mit dem Produzenten zu schlafen! Sie war nur für eine Szene in einer Art winziger Nebenrolle, könnte man sagen, vorgesehen, und alles, was sie zu tun hatte, war, auf Nancys Schoß zu sitzen. Das war's, nichts allzu Anspruchsvolles also. Da sie Nancy mochte, schien es nichts zu geben, worüber man sich hätte Sorgen machen müssen. Der Premierenabend kam, und sie war wundervoll. Sie begriff jede Feinheit, die die Rolle verlangte. Sie verhielt sich wie jemand, der ganz eins mit seiner Rolle wird, und verneigte sich sogar mit der Hauptdarstellerin vor dem Vorhang. Am zweiten Abend war sie genauso gut und behielt ihr hohes schauspielerisches Niveau bei. Bei der Matinee am Mittwoch war es dann vorbei, und ihre glanzvolle, aber kurze Karriere war beendet. Wir spielten vor ausverkauftem Haus, und im Publikum saßen zuverlässig wie immer jene Damen, die zu jeder Matinee erscheinen und vorzüglich nach Puder und Parfüm duften. Als der Vorhang aufging, schwappte der Duft auf die Bühne. Es war ein drückend heißer Tag, es herrschten über dreißig Grad im Schatten und fast hundert Prozent Luftfeuchtigkeit. Wir hatten die Scheunentore offen gelassen, um Durchzug zu schaffen.

Ich muss dazu sagen, dass die Damen der Matinee nicht nur ein fabelhaftes Publikum waren, sondern auch noch Spaß verstanden. Ich kann mich noch an einen Mittwoch Ende September erinnern, an dem es draußen sehr kalt und ungemütlich war und besagte Damen völlig unvorbereitet auf den Wetterumschwung zur Vorstellung erschienen. Da die Scheune nicht beheizt war, konnten wir nur unsere Hüte und Mäntel aus dem Theaterfundus anbieten, die sie begeistert anzogen. Wir hatten ein kleines, aber feines Publikum aus Frauen, die wie Statisten für einen bizarren Kostümfilm aussahen.

Doch an dem Tag, an dem Little Cats Theaterlaufbahn ein jähes Ende nehmen sollte, war es teuflisch heiß. Sie war bis dahin nur abends auf die Bühne gekommen, sodass das Publikum für sie nichts weiter als ein schwarzes Loch gewesen war, aus dem gelegentlich entzückte Rufe schallten, weil sie so süß war. Doch an jenem Nachmittag, als die Scheunentore sperrangelweit offen standen, konnte sie das Publikum, all diese Damen, sehen, die sich mit dem Programm Luft zufächerten – und das war zu viel für sie. Die Szene hatte gerade erst begonnen, da hatte sie auch schon beschlossen, mit dem Showbusiness Schluss zu machen, von Nancys Schoß und dann von der Bühne ins Publikum zu hüpfen und durch die Scheunentore in die Freiheit zu rennen. Nancy schaute dumm aus der Wäsche. Zum Glück spielten wir eine Komödie. Die Damen waren begeistert von Little Cat, und so wie Greta Garbo, die ganz unvermutet ihrer Karriere ein Ende bereitet und ihrem

Publikum den Rücken gekehrt hatte, wurde auch sie zu Lebzeiten eine Legende.

Ich habe oft gedacht, dass Little Cats Lebensaufgabe darin bestand, Werbung für ihre Gattung zu machen, denn selbst der erbittertste Katzenfeind fiel ihrem Charme zum Opfer. Meine Mutter, die nie ihre Angst vor Katzen überwinden konnte, saß tatsächlich irgendwann auf dem Sofa mit Little Cat auf ihrem Schoß und streichelte sie, ohne dabei Schweißausbrüche zu bekommen. Damals lebte ich gerade in Los Angeles und hatte meine Eltern aus New Jersey über Ostern zu Besuch. Während der ganzen Zeit, in der sie sich bei mir aufhielten, hatten sie immer schon geduscht und tranken bereits ihre zweite Tasse Kaffee, bevor ich endlich aus den Federn kam. Und das ging jeden Tag so.

An jenem Morgen, als Little Cat bei meiner Mutter auf dem Schoß saß, weckte mich mein Vater.

»Junge, steh auf. Das musst du dir ansehen. Du wirst es nicht glauben.«

Keine der gängigen Katastrophen, die Kalifornien regelmäßig heimsuchen, hatte sich ereignet: kein Erdbeben, kein Waldbrand, keine Flutwelle, auch kreiste kein Hubschrauber über unserem Haus. Ich konnte mir also nicht vorstellen, worum es ging. Ich schlüpfte in meinen Morgenmantel, rannte ins

Wohnzimmer und versuchte mir den Schlaf aus den Augen zu reiben, um für die Bewältigung jeglicher möglichen Katastrophe einen klaren Kopf zu haben. Stattdessen saß meine Mutter da und hatte Little Cat auf dem Schoß. Wirklich unglaublich. Richtig wohl schien sie sich zwar nicht zu fühlen, wie sie so steif dasaß und mit einem Finger die Katze streichelte, und ich wusste auch, dass Little Cat sie nicht zu einer eingefleischten Katzenliebhaberin hatte werden lassen, doch immerhin war es ein Anfang. Wie etwa, wenn man einen Araber und einen Juden oder einen irischen Protestanten und einen Katholiken dazu bringt, miteinander zu speisen. Little Cat hatte Eindruck auf meine Mutter gemacht, und als meine Eltern wieder zu Hause waren, fragte mich meine Mutter jedes Mal, wenn wir telefonierten – was fast jeden Samstag geschah –, nachdem sie mir von irgendeinem leckeren Schmorbraten erzählt und sich erkundigt hatte, was ich zu Abend essen würde: »Wie geht es meiner Freundin Little Cat?«

Kurz nachdem meine Eltern nach New Jersey zurückgekehrt waren, hatte ich einen Traum, in dem mein Vater und ich in einem Jeep auf Campingtour fuhren. Ich glaube, wir waren in Richtung Westen unterwegs, um nach Gold zu suchen, vielleicht waren wir aber auch Archäologen à la Indiana Jones mit Vater. Der Wagen war voll beladen mit Campingzubehör, Schaufeln, Äxten und allem, was ein Archäologe sonst noch benötigt. Und alle Hunde und Katzen, die ich je gehabt hatte, saßen mit im Jeep. Wie eine Art Arche Noah, das ist wohl das passendste Bild. Sogar mein erster Hund Queenie, ein herrschsüchtiger kleiner Terrier, der schon recht alt war, als ich geboren wurde, war gnädigerweise in einen Welpen verwandelt worden und saß nun wie ein Hund aus einem Fantasy-Film kläffend auf der Ladung, während wir über die Lande fuhren. Wie es sich für einen waschechten Traum gehört, waren die Tiere herrlich schräge Vögel, größer als im echten Leben, äußerst lebhaft und gesprächig. Vor allem aber sehr musikalisch. Wir sangen uns durch Hochebenen und über Kuppen, genau wie in den besten Reiseberichten im Fernsehen, als wir plötzlich auf eines jener allgegenwärtigen Schilder stießen, die einen Laden anzeigten: *Shortys Shop. Mokassins, Türkisschmuck, lebendige Schlangen, Fossilien, kalte Getränke, Kaktusbonbons, echte Indianerdecken.* Seit den Zwanzigerjahren hatten sie sich wie eine Landplage ausgebreitet und waren genauso ein Teil des modernen Westens geworden wie die falschen Cowboys und Indianer. Hunde und Katzen, vor allem aber Little Cat, beklagten sich lauthals über die Schilder und mokierten sich, dass Tiere die Erde nie derartig verunstalten würden. Wenn ich mich recht entsinne, fanden sie es wie jeder fanatische und übereifrige Aktivist, der etwas auf sich hält, ziemlich abstoßend. Kurz darauf befanden wir uns in Shortys Laden, und Shorty höchstpersönlich, ein gammeliger und drahtiger Handlanger aus einem alten Western, zeigte uns den Laden. Er bot uns Klapperschlangenfleisch an, das wir beide dankend ablehnten, und fragte uns, ob wir unsere Hunde und Katzen verkaufen wollten. Er erzählte uns, dass er das frischeste Hunde- und Katzenfleisch am ganzen Westufer des Mississippis verkaufte, und zeigte es uns ordentlich verpackt wie Hamburger in einem Supermarkt in der Kühltruhe seines Ladens (man darf nicht vergessen, dass das ein Traum war).

Der nächste, richtig gute Teil des Traums, an dessen Ablauf ich mich nicht mehr genau erinnern kann, war, dass Vater und ich irgendwann zu Schaufeln und Äxten griffen und damit begannen, Shortys Laden zu zertrümmern. Wir waren die Rächer, die Verteidiger aller Tierarten und zu jeglichem Kraftakt fähig. Ich weiß noch, dass ich eine Tonne hochhievte, die ich eigentlich nur mit Hilfe eines Kranes hätte hochheben können, und durch das Flachglasfenster warf. Im Werfen war ich einfach toll. Indiana Jones wäre stolz auf uns gewesen, vielleicht nicht unbedingt auf unsere Kleidung, denn bis dahin sahen wir wie Cowboys aus – Stiefel, Cowboyhosen, weiße Hüte, die ganze Latte. Offenbar kamen zwischen den einzelnen Sequenzen ein paar Kostümiers herein und kleideten uns für das große musikalische Lustspielfinale um.

Nachdem Vater Shorty durchs Fenster geschleudert hatte und alle Tiere ihm zujubelten, fackelten wir den Laden ab, stiegen wieder in den Jeep, rasten westwärts in einen wunderbaren Sonnenuntergang und trällerten aus voller Kehle *Don't Fence Me In*. Das war einer meiner Lieblingsträume, und ich kann mich genauso gut an ihn erinnern wie an den, in dem ich den Oscar gewonnen habe. Oder war es der Tony? Ich weiß nicht mehr genau, welcher Preis es war, jedenfalls hatte ich eine hervorragende Dankesrede gehalten.

Abgesehen von ihrer Augeninfektion und den Pupillen, die sich nicht bewegten, gab es noch etwas anderes, das Little Cat von ihren kläglichen Anfängen mitgebracht hatte. Und zwar nicht, dass sie beängstigend dünn oder unterentwickelt geblieben wäre. Das war sie keinesfalls. Sie war eine gut proportionierte, wenn auch kleine Katze. Doch sie wurde niemals läufig. Ich achtete immer sehr darauf, meine Tiere kastrieren oder sterilisieren zu lassen, wenn ich sie nicht züchten wollte. Obwohl ich zugeben muss, dass ich bei den älteren Hunden, die ich adoptierte, durchaus Probleme damit hatte. Vermutlich kam das aber daher, dass ich es einfach auf mich selbst bezog. Aus irgendeinem Grund hatte ich jedenfalls Little Cat nicht sterilisieren lassen, denn da sie scheinbar nie läufig wurde, hielt ich es nicht für nötig. Im Laufe der Jahre war sie auf ihren Reisen genügend streunenden Katern begegnet, die sie liebend gern geschwängert hätten, wenn sie empfänglich dafür gewesen wäre, doch das war sie nie. Es war einfach kein Thema.

Als sie ungefähr sieben Jahre alt war, hatte ich den Eindruck, dass sie dicker wurde. Ich dachte an Altersspeck, und wieder bezog ich das auf mich selbst. Ich lief im Sauseschritt auf das mittlere Alter zu, und mein Bauch war auch nicht mehr der eines Zwanzigjährigen. Da eine Schwangerschaft bei Little Cat nicht im entferntesten in Betracht kam, achtete ich nicht auf ihre Gewichtszunahme, bis ich eines Nachts im Bett lag, den Text für ein Stück lernte, sie dabei geistesabwesend streichelte und spürte, wie sich etwas in ihrem Bauch regte. Blähungen? Das war die einzige Erklärung. Doch etwas bewegte sich wieder und wieder, als wollte es sich in ihrem Bauch gemütlich machen. Es dauerte eine ganze Weile, bis ich begriff, dass Little Cat, so unwahrscheinlich es auch erscheinen mochte, trächtig war. Am nächsten Tag brachte ich sie zum Tierarzt, der es mir bestätigte. Er konnte es zwar nicht mit Gewissheit sagen, ging aber davon aus, dass sie in ungefähr einem Monat zwei Junge werfen würde.

Wie jeder, der mit Tieren zu tun hat, konnte auch ich die Geburt kaum erwarten. Allein schon die Namen für Tierbabys wie Kätzchen, Welpe, Küken, Entlein, Fohlen, Kälbchen, Zicklein, Ferkel erfreuen doch jedes Herz. Für die meisten Menschen jedenfalls. Ich habe einen Freund, der zwar Katzen und Hunde mag, dessen Begeisterung für den Rest der Tierwelt sich aber in Grenzen hält. Er besuchte mich an einem Frühlingstag, als ich gerade eine Schar Stockentlein hütete und sie ihm wie ein stolzer Vater präsentierte. Ich finde, dass es wohl kaum etwas Entzückenderes als Entenküken gibt.

»Hässliche kleine Viecher, nicht wahr?«

Zuerst dachte ich, er mache einen Witz, doch an seinem Gesichtsausdruck konnte ich erkennen, dass es ihm ernst war. Für ihn waren sie tatsächlich hässlich. Wie um Hans Christian Andersens willen kann jemand behaupten, dass Entlein hässlich sind? Der Mann war ohne Zweifel gestört. Hatte Walt Disney nicht ein beträchtliches Vermögen mit einer Maus und einer Ente verdient? Und mein Freund behauptete allen Ernstes, Entenküken seien hässlich! Sogleich durchlief ich sämtliche Phasen der Trauer, denn für mich war er erst einmal gestorben. Zuerst leugnete ich: Niemand kann ernsthaft behaupten, dass Entlein hässlich seien. Dann wurde ich wütend: Diesen Idioten sollte man erschießen. Und so weiter, bis ich resignierte: Unsere Freundschaft war nun endgültig vorbei. Doch schließlich überwog die Barmherzigkeit, und ich begriff, dass ich ihm seine Dummheit verzeihen musste. Aber nicht, bevor ich ihm meine Meinung gesagt hatte:

»Du unsensibler Rüpel, du würdest Liebreiz und Charme ja noch nicht einmal erkennen, wenn man dich mit der Nase darauf stoßen würde.« So viel zur druckbaren Version. Was ich tatsächlich sagte, hatte sich gewaschen. Aber glauben Sie mir, wir sind nach wie vor eng miteinander befreundet.

Little Cat war länger schwanger, als der Tierarzt vorhergesehen hatte. Der Monat ging vorbei, und das Ende der sechsten Woche nahte, als sie anfing, sich nach einem Nestchen umzusehen. Ich machte ihr eine Schachtel mit einem weichen Handtuch zurecht und stellte sie neben mein Bett, doch sie schnupperte nur im Vorbeigehen daran. Sie schaute in Schränken, hinter Türen und sogar im Seesack nach, doch nichts schien ihr zu gefallen, sodass sie immer wieder zu meinem Bett zurückkehrte. Ich hatte die Tatsache akzeptiert, dass mein Bett als Geburtsstätte dienen würde, als ich plötzlich mitten in der Nacht von einem Geräusch geweckt wurde, weil sie das Tuch in der Schachtel zurechtrückte und leckte. Da wusste ich, dass die Wehen eingesetzt hatten. Ich knipste das Licht an und bereitete mich darauf vor, ihr, so gut ich konnte, zu helfen, auch wenn ich wusste, dass Tiere grundsätzlich eine Geburt recht gut alleine und lieber ohne Einmischung von außen bewältigen. Ich machte mir eine Tasse Kaffee und wartete bis zum Morgengrauen. Genau in dem Augenblick, als es hell wurde und Nieselregen eingesetzt hatte, brachte sie zu meinem großen Leidwesen nur ein totes Kätzchen zur Welt. Ich wartete ein wenig in der Hoffnung, der Tierarzt hätte Recht gehabt und es wären tatsächlich zwei Junge, doch es blieb bei diesem einen. Sie leckte es eine Weile ab und versuchte es zum Leben zu erwecken, doch als sie merkte, dass es hoffnungslos war, hüpfte sie aus der Schachtel auf mein Bett, putzte sich und legte sich dann schlafen, was sie bitter nötig hatte. Für sie war es der natürliche Lauf der Dinge. Das Leben ging weiter.

Nachdem ich mich versichert hatte, dass es keine Hoffnung mehr gab, begrub ich das Kätzchen im Apfelhain. Alles, was mir dazu einfiel, war die Szene aus Thomas Hardys *Tess von d'Urbervilles*, als Tess mit ihren jüngeren Geschwistern auf dem Dachboden ihren sterbenden unehelichen Sohn auf den Namen Sorrow tauft. Ich fand Sorrow auch einen guten Namen für das Kätzchen, denn ich hatte immer noch das Bild von Little Cat vor mir, wie sie kläglich am Straßenrand saß und nach jemandem miaute, nach irgendjemandem, der ihr helfen würde. Dieses tote Kätzchen wäre ihr einziger Nachkomme gewesen, und nun begruben wir – das heißt ich, Nutsy und einer der Hunde – es ganz unspektakulär. Irgendwie hatte es etwas schmerzlich Trostloses an sich. Vor allem für mich, nicht so für Little Cat.

Ich glaube, dass Tiere im Gegensatz zu Menschen, die sich ihrer Sterblichkeit bewusst sind, nie zurückblicken und sich keine Gedanken über die Zukunft machen. Man kann einem Hund, der Gassi gehen will, nicht einfach sagen: »Ich gehe übermorgen mit dir raus«, oder einer hungrigen Katze: »Kannst du dich noch an die leckeren Fleischstückchen erinnern, die ich dir vorgestern aus dem Restaurant mitgebracht habe?« Für sie gibt es kein Morgen oder Gestern. Nur der Augenblick zählt. Wir hingegen durchleben ein Leben lang sowohl das Gute als auch das Schlechte immer und immer wieder. Und wir machen uns manchmal mit lähmender Angst oder unrealistischem Optimismus so viele Gedanken über die Zukunft, dass wir den Augenblick gar nicht genießen können. Wir kennen das Hier und Jetzt nicht annähernd so gut wie ein Tier.

Little Cat lebte glücklich noch zehn weitere Jahre, und ich bin mir sicher, dass das tote Kätzchen ihr nie wieder in den Sinn kam, obgleich es mir stets in trauriger Erinnerung geblieben ist. Wer von uns beiden wohl besser dran war?

Mrs. Fiske und Rosemary

»Ich ging nach St. Ives,
Und traf einen Mann mit sieben Weibern,
Jedes Weib trug sieben Säcke,
In jedem Sack waren sieben Katzen,
Jede Katze hatte sieben Kätzchen:
Kätzchen, Katzen, Säcke, Weiber,
Wer ging alles nach St. Ives?«

Anonym

Eigentlich habe ich in meinem Leben nur ein einziges Mal eine Katze gekauft, und zwar den bereits erwähnten Nutsy, den ich noch preisen werde. Alle anderen Katzen waren Findelkinder oder mir geschenkt worden, einige hatten einfach plötzlich ein neues Zuhause gebraucht. Zu Letzteren gehörte auch eine wunderschöne Siamkatze, die mir ein Schirmherr des Sommertheaters geschenkt hatte, dessen Kinder auf alles allergisch waren, was mit Haaren, Fell oder Federn zu tun hatte. Die Kinder waren ganz großartige Geschöpfe und verrückt nach Tieren, mussten sich aber mit Fischen, Reptilien und Amphibien begnügen. Darum schenkten sie diesen Tierarten all die Liebe und Aufmerksamkeit, die sonst einem warmblütigen Haustier zuteil geworden wären. Ich habe keine Ahnung, auf welche Weise die Siamkatze bei ihnen gelandet war, jedenfalls gaben sie sie weiter. Zur damaligen Zeit konnte ich wirklich keine weitere Katze gebrauchen, denn ich teilte bereits meine Bude mit Nutsy und Little Cat, von einem oder zwei Hunden einmal ganz abgesehen. Doch als die Kinder mir das flauschige graue Kätzchen brachten und es mich aus seinen wunderschönen blauen Augen ängstlich ansah, kapitulierte ich.

Sie war ein kleines, scheues Wesen – etwa zwanzig Minuten lang. Nie wieder ist mir ein Tier über den Weg gelaufen, das sich so schnell und schamlos einer neuen Umgebung anpassen konnte. Nutsy war wie immer äußerst tolerant, während Little Cat wenig erfreut wirkte. Diesem Eindringling war nicht zu trauen. Zudem schien diese Katze alles falsch zu machen. Wenn sie das Katzenklo benutzte, buddelte sie begeistert so kräftig darin herum, dass sich das Katzenstreu auf das gesamte Badezimmer verteilte und mehr auf dem Boden als in der Box zu liegen schien. Zur Schlafenszeit wollte sie spielen, wenn Essenszeit war, schubste sie die bereits verärgerte Little Cat beiseite und fraß aus deren Schälchen, obwohl jede Katze einen eigenen Napf hatte. Die uralte Geschichte von zwei Frauen, die unter demselben Dach leben: Es herrschte Krieg. Und wie es sich für ein echtes Siamkätzchen gehörte, war sich natürlich die neue Katzendame keiner Missetat bewusst und unglaublich neugierig. Ob es wohl in den Genen von Siamkatzen liegt, dass sie so laut, vor allem aber unerschrocken sind? Dies, gepaart mit angeborener Intelligenz, macht sie zu Wesen, mit denen man ernsthaft rechnen muss.

Und sie sind furchtbare Angeber. Zumindest war sie das. Sie wollte stets im Mittelpunkt stehen, weshalb sie natürlich einen äußerst theatralischen Namen bekam, als es darum ging, einen für sie auszusuchen. Fannie Flagg, eine meiner Freundinnen, eine äußerst geistreiche Schriftstellerin und Schauspielerin, hatte eine Siamkatze namens Tallulah, nach der legendären und notorisch hemmungslosen Tallulah Bankhead, sodass also der erste Name, der mir in den Sinn kam, schon vergeben war. Damals hießen fast alle Siamkatzen von Schauspielern Pyewacket, nach der gleichnamigen Katze im Stück *Meine Braut ist übersinnlich* – das wäre also beinahe so gewesen, als hätte ich mein Kätzchen Andrea Mustermann genannt. Darum bat ich die Mitglieder meiner Truppe, Schauspieler, Techniker, einfach jeden, mir einen Namen vorzuschlagen. Ein paar davon schafften es sogar in die Endrunde: Bette Davis – zu viel Attitüde. Ginger Rogers – nun, ich besaß bereits ein Gänsepärchen, das Fred und Ginger hieß. Sarah Bernhardt – der Name schien mir eine etwas zu große Last für eine kleine

Katze. Ethel Merman – ihr Name hätte schon aufgrund des stimmlichen Talents des Kätzchens beinahe das Rennen gemacht. Soviel ich mich entsinne, war auch Lucille Balls Name gefallen, doch schließlich schien keiner für dieses außergewöhnliche Kätzchen maßgeschneidert zu sein. Dann aber las ich in der Theaterzeitschrift einen Artikel über eine Schauspielerin namens Minnie Maddern Fiske, die Ende des neunzehnten, Anfang des zwanzigsten Jahrhunderts auf den Bühnen des Broadways als Komikerin und kleine Unruhestifterin sehr erfolgreich gewesen war. Was wollte ich mehr? Der Name passte wie angegossen. Er war skurril, wirkte sowohl stilvoll als auch liebenswert und konnte wunderbar abgekürzt werden, sodass eine Katze ihn leicht behalten konnte. Minnie Maddern Fiske. Und so hieß sie von nun an Minnie, wenn sie brav war, und Mrs. Fiske, wenn sie etwas ausgefressen hatte.

Wie bereits erwähnt, wurde Minnie von Nutsy toleriert, denn er war mehr an seinen täglichen Beschäftigungen, wie im Theater herumzulungern, den Bühnenaufbau zu überwachen oder unter dem Haus oder Schuppen Mäuse zu fangen, interessiert. Er hatte einen anstrengenden Arbeitstag, weshalb er nachts, wenn er nach Hause kam, zu müde war, um sich um zwei keifende Katzenweiber zu kümmern. Er wollte nur noch schlafen. Ein- oder zweimal wies er die

Streithähne gehörig zurecht, als die beiden ihn störten, doch meistens ignorierte er sie einfach.

Little Cat versuchte Grenzen zu setzen, doch Minnie scherte sich nur selten darum. Ihre tägliche Aufgabe bestand darin, Little Cat verrückt zu machen.

Selbst wenn es gut läuft, ist ein Neuankömmling in einem Haushalt erst einmal eine größere Umstellung für ein Tier, das schon darin lebt. Hunde kommen damit oftmals besser zurecht als Katzen, doch irgendwann schafft es selbst die unnachgiebigste Katze. Über Little Cat wunderte ich mich tatsächlich. Sie war jahrelang die Königin in ihrem Reich gewesen und nicht bereit, einen lauten, aufdringlichen, ziemlich unheimlichen und gehässigen Neuankömmling neben sich zu dulden. Ich hatte bereits die Befürchtung, Zeuge eines hundertjährigen Krieges zwischen den beiden werden zu müssen. Natürlich in Katzenjahren ausgedrückt.

Die Wende in ihrem Verhältnis kam, als ich über die Wintersaison von einem Theater in Virginia engagiert wurde. Am Ende der Theatersaison in unserer Scheune in Pennsylvania kehrte ich für ungefähr eine Woche nach New York zurück und fuhr anschließend mit dem Auto voller Klamotten und Tiere in den Süden.

Damals hatten Schauspieler noch die Möglichkeit, an vielen verschiedenen Orten aufzutreten – jedenfalls diejenigen, die es in New York und Hollywood nicht geschafft hatten, und zu denen auch ich gehörte. Überall im Land gab es so genannte Dinner-Theater mit Abendessen und einer Aufführung, Schauspieltruppen, die mit einem Standardprogramm auf Tournee gingen, und Repertoireensembles. Es gibt sie zwar heute noch, doch sie sind seltener geworden. Dafür ist vor allem das Fernsehen verantwortlich. Warum sollte man sich auch hübsch anziehen, ausgehen und gemeinsam ein echtes Schauspiel erleben, wenn man sich doch schön zu Hause verkriechen und geisttötende Shows ansehen, den Kühlschrank leer futtern und sich dabei kratzen kann, wo immer es einem beliebt? Das ist ganz schön beängstigend.

Little Cat liebte Autofahrten. Nach wenigen Minuten hatte sie es sich stets bequem gemacht und ein geeignetes Fensterplätzchen gefunden, und dann gab sie die ganze Fahrt über keinen Mucks mehr von sich. Ich habe mich immer gefragt, ob das wohl damit zusammenhing, dass ein Auto ihre erste Zufluchtsstätte gewesen war, nachdem ich sie am Straßenrand aufgelesen hatte. Doch was auch immer der Grund dafür war, sie fuhr gerne mit. Nutsy war da ganz anders. Er hasste es und brachte das auch lauthals zum Ausdruck, wie es sich für eine echte Siamkatze gehört.

Selbst bei geschlossenen Fenstern müssen ihn die Leute beim Vorbeifahren maunzen gehört haben. Wer jemals mit einer unglücklichen Siamkatze verreist ist, weiß, was für eine schreckliche Qual das ist. Doch unglücklicherweise kam auch noch etwas anderes hinzu. Er litt unter Reiseübelkeit, sodass ich nicht nur sein Gejammer ertragen, sondern auch mit dem unausweichlichen Erbrechen rechnen musste. Das war wirklich kein Vergnügen. Nachdem ihm schlecht geworden war, was bedeutete, dass er sich erbrach und der Wagen gereinigt werden musste, machte er es sich verschämt in einem dunklen Eckchen zwischen dem Gepäck bequem und schlief für den Rest der Reise.

Minnie war hingegen nur ein paar Mal mit dem Auto gefahren und führte sich darum auf, als würde sie von Außerirdischen entführt, sobald sich die Wagentüren geschlossen hatten. Minnie und Nutsy veranstalteten – bevor ihm schlecht wurde und er es sich bequem machte – eine Katzenmusik, die es an Lautstärke mit jedem beliebigen Punkkonzert aufnehmen konnte. Selbst Little Cat wurde das zu viel. Zu meinem großen Erstaunen ging sie zu Minnie, die mit angelegten Ohren und angsterfülltem Blick auf der Rückenlehne des Sitzes kauerte. Mir war nicht ganz klar, was Little Cat vorhatte, und so wäre ich bei dem Versuch, den Verkehr und die beiden Katzen im Rückspiegel gleichzeitig im Auge zu behalten, beinahe von der Straße abgekommen. Kurz darauf setzte Little Cat sich ganz nah neben Minnie, sodass sie einander berührten, und ich begriff, dass sie sie zu trösten versuchte. Das tat sie offenbar ganz bewusst, denn bis dahin hatte Little Cat immer einen großen Bogen um Minnie gemacht. Dafür gab es nur eine Erklärung: Es war ein erster und zugleich sehr beeindruckender Schritt hin zu einem Waffenstillstand. Francis Bacon sagte einmal: »Feindseligkeit ist nicht ohne Trost und Hoffnung.« Dies traf offensichtlich auf die arme, verschreckte Minnie zu. Little Cat leckte sie sogar kurz ab und übernahm Nutsys väterliche Fürsorge, solange er verhindert war. Ein bis zwei Stunden mussten wir noch Gejammer ertragen, doch Little Cat kümmerte sich weiter um sie, bis irgendwann Ruhe eintrat, weil Minnie vermutlich zu erschöpft war, um noch irgendeinen Ton herauszubringen. Dann war es so still im Auto, dass ich sogar die Lastwagenfahrer hupen hörte, die mich aufforderten, endlich auf die rechte Spur zu wechseln.

Fast die ganze Fahrt über saß Little Cat neben Minnie, und als wir schließlich Norfolk erreichten, waren sie zwar keine guten Freundinnen geworden, doch ihr Verhältnis hatte sich geändert. Sie hatten eine – wenn auch sehr instabile – Übereinkunft getroffen, an die beide Parteien sich zu halten versuchten.

Ich mietete ein Haus am Strand von Sandbridge in Virginia, das sehr günstig war, weil wir uns außerhalb der Saison befanden und nur wenige Häuser bewohnt waren. Ich vermute, dass der Besitzer einfach jemanden im Haus haben wollte, um es vor Vandalismus zu schützen, da in der Gemeinde selbst nur wenig Leute ansässig waren. Dies war einer der schönsten Winter, an die ich mich erinnern kann. Und die Tiere liebten es genauso sehr wie ich. Für sie war das Meer eine völlig neue Welt. Sie konnten auf Dünen klettern, Krebsen hinterherjagen, Möwen und Pfeifer bestaunen und den Fischern hinterm Haus zusehen, wie sie ihre Angeln auswarfen. Es wurde nie langweilig. Little Cat und Nutsy waren clever genug, sich von der Brandung fern zu halten, Minnie hingegen war so neugierig und furchtlos, dass sie mehrmals völlig überrascht plötzlich im Salzwasser stand. Katzen sind richtig witzig, wenn sie unvorhergesehen nass werden. Dann beginnen sie ihren »Ich hasse Wasser«-Tanz, bei dem sie nacheinander jedes Bein einzeln schütteln. Minnie war sogar besonders lustig anzusehen, weil ihre Hinterbeine leicht gebogen waren.

Die meisten von uns verbinden den Strand mit sommerlichen Bildern: Sonnenbaden, nasse Handtücher, Badeanzüge voller Sand, Sonnencreme, Fertiggerichte, laute Radios und schmerzhafte Sonnenbrände.

Der Winter am Meer gehört hingegen nicht zu

unserem alltäglichen Empfindungsrepertoire. Eine meiner größten Freuden war die Entdeckung, wie unglaublich urgewaltig, intensiv und unvorhersehbar der Winter sein kann. Und wie schon erwähnt, bin ich mir sicher, dass auch die Tiere es restlos genossen. Die Gefühle eines Tieres lassen sich durchaus ablesen, selbst die von Katzen, die als verschlossen, reserviert und distanziert gelten. Wer einmal eine Katze beobachtet hat, wie sie durch den Garten springt und mit Lebensfreude und Hingabe die Bäume und Dächer hinauf- und herunterklettert, der streicht Wörter wie »verschlossen« oder »reserviert« aus seinem Wortschatz. Nutsy, Little Cat und Minnie rannten bereits frühmorgens aus dem Haus die Dünen hinauf, um nachzusehen, was der neue Tag zu bieten und welche Mitbringsel das Meer über Nacht am Strand zurückgelassen hatte. Irgendetwas Interessantes ließ sich immer finden. Ich weiß noch, dass wir eines Morgens eine Wasserschildkröte so groß wie einen Truthahn fanden. Warum sie sich so weit vom Wasser entfernt hatte, kann ich nicht sagen, jedenfalls waren wir bestimmt glücklicher darüber, sie zu sehen, als sie uns. Ich drehte sie mit dem Kopf zum Wasser, und sie tappte unbeholfen zurück ins Meer. Die Katzen waren beeindruckt. Alles war so berauschend, dass sie ihre Erwartung und Freude kaum verbergen konnten. Und das sollte verschlossen sein? Wohl kaum. Selbst bei Schnee und Regen – außer bei heftigen

Stürmen – überwanden sie sich und gingen zum Strand, um nachzusehen, was dort vor sich ging.

Ich denke, eine der unglaublichsten Eigenschaften der Tiere ist ihr ausgeprägter Sinn für Hinnahme. Alles ist, wie es ist, ganz egal, um welche Jahreszeit, welches Wetter oder welche Uhrzeit es sich handelt. Und sie reagieren stets ehrlich auf alle äußeren Umstände, weil sie nichts vortäuschen können. Sie wissen gar nicht, wie man sich verstellt. Ich bin davon überzeugt, dass das ihren Reiz auf Menschen ausmacht. Sie lügen und urteilen nicht, sondern überschütten einen mit ihrer bedingungslosen Liebe und freuen sich, einen morgens zu begrüßen, ganz egal wie man aussieht. Was will man mehr? Und sie verstecken sich nicht hinter irgendeiner Maske. Sie sind, wie sie sind – ob gut, böse oder gleichgültig. So einfach ist das. Ich denke, man kann viel von ihnen lernen.

Zu Beginn des Frühlings überlegte ich, dass es schön wäre, wenn Minnie Junge bekäme. Ich wollte zwar keine weiteren Katzen, doch einige meiner Freunde hatten schon geäußert, dass sie gerne ein Kätzchen nähmen, falls Mrs. Fiske trächtig würde. Als sie dann läufig wurde, schien der Zeitpunkt perfekt. Sie würde ihre Jungen zur Welt bringen, nachdem wir für die Sommersaison nach Pennsylvania zurückgekehrt wären. Ich hatte jemanden getroffen, der jemanden kannte, der wiederum jemanden mit einem wunderschönen Siamkater kannte, also hatte ich ein Rendezvous arrangiert. Ich weiß nicht, ob er ihr Traumkater war, doch immerhin war er ein recht ansehnliches Kerlchen, und nach nur einem Treffen – das sich übrigens ohne Blumen, Pralinen oder Wein vollzog – war Minnie trächtig. Die alte Geschichte eben.

Als sich die Theatersaison in Virginia ihrem Ende zuneigte, wurde Minnie immer dicker. Sie kam gut mit ihrer Schwangerschaft zurecht, genoss den Frühling am Strand, tauchte nach wie vor die Pfoten ins Wasser und lief Sandkäfern nach. Das Leben in Virginia war schön – und zwar so schön, dass sie beschloss, ihre Jungen dort zur Welt zu bringen. Und so schenkte sie drei Tage vor unserem Aufbruch nach Pennsylvania vier wunderschönen Kätzchen das Leben. Das durchkreuzte zwar meine Pläne, doch Minnie ließ das völlig kalt. Ihre Zeit war gekommen, und das war's. Die Geburt genoss sie ganz offensichtlich, denn während der ganzen Zeit schnurrte sie. Die Organisation des Transports der Jungen und der übrigen Familienmitglieder nach Pennsylvania war schließlich mein Problem. Sie hatte alle Pfoten voll mit ihren Babys zu tun, die versorgt werden wollten.

Und wiederum machten wir uns mit einem Auto voll gestopft mit Gepäck, Tieren und einem Katzenkorb für die Babys auf den Weg. Little Cat machte es sich auf ihrem Stammplatz auf der Rückenlehne meines Sitzes bequem, Nutsy miaute und bereitete sich auf das Erbrechen vor, was dann unglücklicherweise auch genau in dem Augenblick eintrat, als wir über die Chesapeake-Bay-Brücke fuhren. Er war eben sehr zuverlässig. Das Neue an dieser Reise war nur Minnie. Sie war glücklicherweise still und vollauf damit beschäftigt, in ihrem Körbchen die Kätzchen zu füttern und sich um sie zu kümmern. Und hier ein Tipp: Sollten Sie jemals in die Lage kommen, mit einem Siamweibchen auf Reisen gehen zu müssen, sorgen Sie dafür, dass sie trächtig wird und kurz vor der Reise ihre Jungen wirft. Sich um einen Wurf kleiner Kätzchen zu kümmern ist so anstrengend, dass sie für alles andere gar keine Zeit haben wird. Das wirkt besser als Valium.

Acht Wochen später, als die Kätzchen alt genug waren, um das Haus zu verlassen, waren ihre neuen Familien entzückt, sie zu bekommen, und Minnie und ich entzückt, dass sie uns endlich verließen. So reizend und liebenswert sie auch sind, wenn sie anfangen, die Welt zu entdecken, so können vier kleine Kätzchen auch sehr nervenaufreibend sein. Sie schienen grundsätzlich nur im Schichtwechsel zu schlafen, sodass eines von ihnen immer wach war und etwas anstellte. Ich bin mit Zwillingsschwestern groß geworden, und meine Mutter sagte stets, dass jeglicher Unsinn, der einer nicht in den Sinn kam, der anderen einfiel. Nun gut, Minnie hatte vier Junge bekommen, und als das letzte aus dem Haus war, waren wir beide völlig erschöpft. Selbst Nutsy und Little Cat waren froh, als sie uns endlich verließen. Wir stießen alle einen Seufzer der Erleichterung aus, als das letzte Kätzchen aus der Tür war, und kehrten selbstzufrieden zu unserem alltäglichen Leben zurück. Keiner von uns bekam das so genannte »Empty-Nest-Syndrom«.

Ich hatte beschlossen, dass ein Wurf für Minnie und ihre mütterlichen Instinkte genug sei. Wir hatten allesamt diese Erfahrung mit ihr geteilt, und selbst wenn sie sehr aufschlussreich, erbaulich und bereichernd gewesen war – Adjektive, die man gerne mit der Geburt von Kätzchen verbindet –, so schien mir ein Wurf mehr als genug zu sein. Doch Mrs. Fiske hatte andere Pläne. Als ich sie zum Tierarzt brachte, um sie sterilisieren zu lassen, wurde mir eröffnet, dass sie wieder trächtig sei. Wie war das möglich? Soviel ich wusste, war sie noch nicht einmal läufig gewesen und kaum aus dem Haus gekommen. Außer Nutsy gab es keinen Kater weit und breit, und ihn hatte ich bereits kastrieren lassen, als er noch ein Kätzchen war.

»Die Katze kann gar nicht trächtig sein«, schrie ich völlig hysterisch den Arzt an. »Hören Sie? Es kann gar nicht sein.« Ich packte ihn am Revers seines weißen Arztkittels. »Keine Chance!« Aber sie war trächtig. Sie muss einem fahrenden Gesellen begegnet sein … Nun, was soll man schon dazu sagen?

Bevor ich von Minnies Fehltritt erfahren und ihre anschließende Schwangerschaft entdeckt hatte, hatte ich nämlich seit Jahren zum ersten Mal einen Urlaub geplant.

Ich wollte nach Ende der Sommersaison für drei Wochen nach Irland, England und Schottland fahren und hatte bei Icelandic, einer bei Schauspielern und Schnäppchenjägern beliebten Fluggesellschaft, bereits gebucht und bezahlt und einen Freund in New York beauftragt, während meiner Abwesenheit die Katzen zu füttern. Doch zur Zeit meiner Reisevorbereitungen war Minnie noch nicht trächtig gewesen. Nun wusste ich nicht, wie mein Freund mit den neuen Gegebenheiten zurechtkommen würde.

Minnie wartete mit der Geburt der Kätzchen, bis wir wieder in New York waren, und fühlte sich daher während der achtstündigen Rückfahrt so frei, lauthals zu jammern. Auch Nutsy stimmte mit ein, bis ihm schlecht wurde und er sich zurückzog. Minnie hörte hingegen nicht auf. Selbst Little Cat resignierte diesmal. Doch als sie in New York wieder heimatlichen Boden unter den Füßen hatte, brachte Minnie ein paar Tage später sieben wunderschöne schwarze Kätzchen zur Welt. Und wieder schnurrte sie während der ganzen Geburt. Die Kätzchen waren gesund und munter, sahen aber nicht im Geringsten wie Siamkatzen aus. Sie hatten keine orangefarbenen, braunen oder weißen Flecken, sondern waren schwarz wie Hexenkatzen.

Ich machte mir Sorgen, was Nutsy und Little Cat während meiner Abwesenheit wohl mit den Jungen anstellen könnten, sodass ein weiterer Freund von mir sich bereit erklärte, die beiden so lange zu sich zu nehmen, bis ich wieder zurück wäre. Der Katzensitter war hingegen entzückt, jeden Tag vorbeizukommen und Minnie und die Kätzchen zu füttern, sodass ich guten Mutes nach Europa reisen konnte.

Ich erinnere mich noch daran, dass das Flugzeug am Keflavik Airport in Island einen Zwischenstopp einlegte, um aufzutanken, und ich aus dem Flugzeug stieg, um mir die Beine zu vertreten. Es war bereits Mitte Oktober, doch wärmer, als ich erwartet hatte. Es war eigentlich nicht sehr viel kälter als in New York. Alle Passagiere gingen ins Restaurant, um einen Happen zu essen, doch als wir uns an die Tische setzen wollten und ich gerade Zucker in meinen Kaffee getan hatte, wurden wir schon wieder aufgefordert, das Restaurant zu verlassen. Verblüfft gingen wir hinaus und pressten unsere Nasen gegen die Glasscheibe, als eine Flugzeugladung russischer Würdenträger samt Beratern, ohne uns eines Blickes zu würdigen, hereinkamen. Wir alle – sowohl die europäischen als auch die amerikanischen Fluggäste – waren empört, doch es war noch zu Zeiten des Kalten Kriegs und demnach ein hartes Erwachen vor allem für die Amerikaner, die in einer begrenzten Welt lebten und seit dem Bürgerkrieg keinen Krieg auf heimatlichem Boden mehr erlebt hatten.

Ich muss gestehen, dass ich großartige Ferien verbrachte und kaum an meine Katzen dachte. Es gab einfach zu viel zu sehen, und ich hatte zu viel zu tun. Bereits während meiner Stationierung in Deutschland Mitte der Fünfziger hatte ich England und Schottland bereist.

Meine Liebe zu den beiden Ländern hatte also schon früh begonnen, doch nun war ich zum ersten Mal in Irland, das meine Erwartungen bestätigte und sogar noch übertraf. Das Land ist von einer erstaunlichen Schönheit, gemütlich wie ein üppiges Daunenbett, und die Menschen zeigten sich gastfreundlich und großzügig, sodass ich mich überall wie zu Hause fühlte – bis auf eine Ausnahme. Einmal fuhr ein Lastwagen mitten auf einem belebten Viehmarkt rücklings in meinen Mietwagen und zerbeulte dabei den Kotflügel. Als ein rothaariger, sommersprossiger Polizist, kaum älter als zwanzig Jahre, auf seinem Fahrrad angeradelt kam und nervös Fragen zu stellen begann, schien es keine Zeugen für den Unfall zu geben. Niemand wollte etwas gesehen haben, und die freundlichen Gesichter verwandelten sich plötzlich in steinerne, kalte Masken, die mich vorwurfsvoll ansahen. Plötzlich sprachen wir nicht mehr dieselbe Sprache. Erstaunlich, nicht wahr?

Als ich nach New York zurückkehrte, waren alle Katzen noch am Leben und wohlauf. Lediglich die Katzenjungen waren nicht, wie ich sie erwartet hatte. Sie waren völlig verwildert. Der Freund, der sich um sie gekümmert hatte, war nur zum Füttern und Saubermachen vorbeigekommen, sodass sie die meiste Zeit nur mit ihrer Mutter und sonst niemand anderem verbracht hatten. Sie waren wie streunende Katzen, die einem wie Schatten in Scheunen über den Weg huschen und die man in Städten auf Schutthaufen oder im Morgengrauen über Straßen laufen sieht. Sie hatten nichts von gehätschelten und geliebten Hauskatzen. Sie waren auf sich selbst gestellt gewesen und wirkten, als wären sie eine Rasse für sich. Sobald ich in ihre Nähe kam, rannten Minnies Kätzchen weg und versteckten sich. Sie waren sogar so geübt im Versteckspielen, dass ich sie kaum zu Gesicht bekam. Als es schließlich an der Zeit war, ein neues Zuhause für sie zu finden, hatte ich alle Hände voll zu tun, sie einzufangen. Hatte ich das erst einmal geschafft, bissen und kratzten sie mich. Warum auch nicht? Für sie war ich eine Bedrohung.

Ich beschloss, eines der Kätzchen – eine geschmeidige, wunderschöne kleine Katzendame – zu behalten. Ich gab ihr den Namen Rosemary. Der Gruselfilm *Rosemarys Baby* war damals ein Renner, und dieses Kätzchen war ganz sicher gruselig. Doch sosehr ich mich auch darum bemühte, sie vertraute mir niemals ganz. Sie verbrachte ihr Leben damit, im Schatten zu sitzen und alles zu beobachten, beteiligte sich jedoch nie an irgendetwas und war am glücklichsten, wenn sie auf dem Land war, wo sie für Tage verschwinden konnte und nicht von Menschen belästigt wurde. Zu Minnie und den anderen Katzen und Hunden hatte sie stets eine gute Beziehung, doch zu Menschen war das anders. Das Merkwürdige war, dass sie lauter schnurrte als jede Katze, die ich jemals besessen hatte, wenn ich sie denn zu fassen bekam und streicheln konnte. Sie lechzte förmlich nach Liebe, wusste aber nicht, wie sie sie geben oder annehmen sollte. Isolation ist tödlich. Und da wir alle mehr und mehr in die Welten des Cyberspace entgleiten, in denen wir nur noch unsere Computer berühren, ohne dass uns jemand berührt, frage ich mich, was wohl in hundert Jahren sein wird. Dabei denke ich an die einsame, verschreckte Rosemary in ihrer isolierten Welt, die unfähig war, an den Tisch zu kommen und das Festmahl zu genießen, das uns von Geburt an zusteht … Und zwar die Erfahrung, das Leben mit anderen zu teilen.

Bridie und Finn

»Einer der bemerkenswertesten
Unterschiede zwischen einer Katze
und einer Lüge ist, dass eine Katze nur
sieben Leben hat.«
Mark Twain

Da Minnie die jüngste meiner drei Katzen war, lebte sie auch am längsten. Zwar war Rosemary jünger als sie, doch sie kam und ging, wann immer es ihr passte, und kehrte eines Tages gar nicht mehr zurück. Sie hatte die Gewohnheit, über Wochen zu verschwinden, sodass ihre Abwesenheit mir zuerst gar nicht auffiel, doch dann wurde mir klar, dass sie nicht mehr zurückkehren würde. Ich beschloss, sie mir für alle Zeiten in einem wunderschönen Katzenparadies vorzustellen. Rosemary wird ewig leben. Noch heute sehe ich sie in Gedanken vor mir, wie sie auf ihrem Lieblingsplätzchen auf der Mauer vor meinem Küchenfenster sitzt und beobachtet, was im Haus so vor sich geht, ohne dass sie einen Weg findet, selbst daran teilzunehmen.

Minnie war hingegen eine sehr anhängliche Katze, laut und auf rührende Weise witzig, und da sie die Letzte des Triumvirats war, vermisste ich sie auch sehr, als sie – schon eine alte Dame – starb. Mit ihrem Tod schien eine Ära zu enden, sodass ich aus einem unerfindlichen Grund beschloss, von nun an ohne Katzen zu leben.

Ich lebte noch in demselben Haus am Ende eines Dorfes an einer ruhigen Landstraße. Obwohl, so ruhig war sie nun auch wieder nicht. Wir hatten zwar nicht unbedingt mit Straßenlärm zu kämpfen, dafür besaß ich zu der Zeit viele Tiere, die Lärm machten: ein paar Hunde, Hühner, Enten, Gänse, Truthähne und Perlhühner, die alle gemeinsam den Tag lauthals begrüßten, sich jagten oder um einen fetten Käfer stritten. Eine laute und zugleich liebenswerte Kakophonie, die schließlich die einzige Katze in der Nachbarschaft anlockte.

Da fällt mir eine merkwürdige Geschichte ein, die sich zutrug, als sich das ganze Geflügel bei mir tummelte. Zwerghühner lieben es, Eier auszubrüten, weshalb sie sich auf jedes Ei setzen, das sie finden können, wenn sie brütig sind. Meistens stehlen sie sich außerdem davon und legen ein Ei in irgendein Nest, von dem man keine Ahnung hat, um drei Wochen später mit einem Dutzend Küken im Schlepptau wieder aufzutauchen. Und genau das machte eine freche kleine Henne, die besonders ausgeprägte Mutterinstinkte hatte. Jeder der herumstolzierenden Hähne hätte der Vater dieser Brut sein können, denn die Küken waren so bunt wie die Farben des Kükenregenbogens. Aus irgendeinem unerklärlichen Grund machten sich eines Tages vier junge Hähne aus dieser Brut auf den Weg hügelaufwärts zu meinen Nachbarn und Freunden, den Millards. Warum nur diese vier Hähne auszogen und alle anderen nicht, werde ich wohl nie erfahren, doch immerhin war es für die jungen Hähne kein leichtes Unterfangen, denn Susanne und George hatten eine irische Terrierhündin namens Magee, die gerne Kojoten, Bären, Hasen, Eichhörnchen oder sonstige Tiere jagte, die in ihr Revier eindrangen. Die vier Hähne – später als die »Viererbande« bekannt – ließ sie aber in Ruhe. Es ist faszinierend, was für Beziehungen Tiere bisweilen eingehen, wie in diesem Fall die Küken, die Magee vertrauten, und Magee, die sie verschonte. Hätten sie nur sprechen können! Die Bande kam nur selten zu mir herunter auf Besuch, denn sie verbrachte lieber ihre Zeit im Obstgarten der Millards, fraß Insekten und Samenkörner sowie andere Köstlichkeiten. Hin und wieder kamen sie zu ihrem Futterplatz, doch pünktlich jeden Nachmittag stolzierten sie zur Teezeit in den Hof, tranken aus Magees Wassernapf und gingen dann wieder ihren Geschäften nach. Sie schliefen Flügel an Flügel auf einem Baum, ganz egal, ob es regnete oder schneite, weshalb ihre Federn auch immer so schön sauber waren, als hätten sie eben gebadet. Sie waren unzertrennlich, und beschloss einer, meiner Herde einen Besuch abzustatten, kamen immer gleich alle mit. An einem besonders prachtvollen Herbsttag, als sie gerade auf meinem Hof waren, lief das rote Mitglied der Bande in eine Falle, mit der ich den Taugenichts fangen wollte, der in das Hühnerhaus eindrang und die Eier fraß. Als ich am nächsten Tag die Falle kontrollierte, fand ich den kleinen Hahn, der mit aller Macht zu entkommen versuchte. Ich wusste natürlich, wohin er wollte, darum brachte ich ihn vor das Haus, ließ ihn laufen und sah zu, wie er durch die Einfahrt rannte und dabei aus voller Kehle krähte. Übersetzt hieß sein Krähen vermutlich so viel wie: »Ich bin frei, ich bin frei!« Die drei anderen Bandenmitglieder hörten ihn und kamen aus dem Obstgarten herbeigerannt. Es kam zu einem ergreifenden Wiedersehen, das an Scarletts Rückkehr nach Tara in *Vom Winde verweht* erinnerte. Alle plapperten wild durcheinander und tanzten umher, als feierten sie die Rückkehr eines im Krieg für verschollen erklärten Bruders. Es war erstaunlich, welche Zuneigung sie ganz offensichtlich füreinander empfanden. Hühner! Nicht zu fassen!

Doch das soll ja ein Buch über Katzen sein.

Ich hatte die Katze, die ganz offensichtlich von den Geräuschen meiner Tiere angezogen wurde, auf dem Vordach eines Hauses sitzen sehen, das in einiger Entfernung an der Straße stand. Sie war um die drei Monate alt, grau und flauschig und sah meiner ersten Katze, dem geheimnisvollen Sokrates, sehr ähnlich. Dann beobachtete ich die Katze auf meinem Gartenzaun, wie sie einer Henne zusah, die unter einer riesigen alten Kiefer in den Nadeln scharrte. Die Szene wirkte nicht bedrohlich, die Katze war einfach neugierig, was die Henne da trieb. So kam sie mich immer öfter besuchen, bis sie schließlich fast den ganzen Tag bei mir verbrachte. Da ich aber nicht wusste, was meine Nachbarin davon hielt, ging ich bei ihr vorbei und sagte ihr, dass ihre Katze bei mir sei, falls sie sie suche. Sie suchte sie nicht. Im Gegenteil, für sie konnte das Tier ruhig für immer verschwinden, denn es hatte sich an den Gardinen und sogar an ihren Beinen hochgehangelt, was tiefe Kratzer belegten. Junge Katzen tun das eben. Vermutlich spielen bei ihnen die Hormone genauso verrückt wie bei Teenagern. Sie erzählte mir zwar, dass ihre Kinder wohl an der Katze hingen, doch da sie den ganzen Tag über in der Schule seien, würden sie sie vermutlich nicht einmal vermissen. Die Katze heiße übrigens Michelle.

Ich machte mich auf den Heimweg und wusste, dass mein Entschluss, keine Katzen mehr aufzunehmen, soeben den Bach hinuntergegangen war. Und da saß Michelle in meinem Hof und sah aus, als warte sie auf eine Entscheidung über ihre Zukunft. Es war wieder einmal Schicksal. So bat ich sie also kurzerhand herein, sie nahm die Einladung an, und als sie über meine Türschwelle marschierte, bemerkte ich, dass ich ihr einen neuen Namen geben musste. Michelle war nämlich ein Er.

Der Kater war ein unerschrockenes junges Kerlchen, und wäre er ein Junge gewesen, hätte er stets aufgeschlagene Knie, irgendwelche Pflaster, ein dreckiges Gesicht, eine schiefe Baseballkappe auf dem Kopf und Schimpfwörter im Mund gehabt. Er verfügte über einen gesegneten Appetit und eine unstillbare Neugier, was ihm viele Scherereien einbrachte. Er glich einem Straßenjungen, in etwa wie Huckleberry Finn. Richtig, Huckleberry Finn! Und so wurde aus Michelle schließlich Finn, der Name passte gut zu ihm.

Ein paar Monate nachdem Finn bei mir eingezogen und ein Mitglied meines Haushaltes geworden war, luden mich jene Millards, bei denen auch die Viererbande lebte, zum Abendessen ein. Wir saßen hinter dem Haus an einem Plätzchen, von dem aus man einen spektakulären Blick auf die Berge und Canyons hatte. Von so einer Aussicht können die meisten Menschen nur träumen, und seltsamerweise erweckt sie in mir jenes Gefühl der Zeitlosigkeit, das mich auch überkommt, wenn ich am Strand bin und auf das Meer schaue. Selbst in heißen Nächten weht stets eine kühle Brise von den Bergen herab, und so saßen wir auch an jenem Abend gemütlich bei einer Tasse Kaffee beisammen und wälzten die Probleme der Welt, als plötzlich etwas um meine Fußknöchel strich. Als ich verwundert herabsah, erblickte ich ein kleines, braungrau getigertes Kätzchen, höchstens acht bis neun Wochen alt. Ich hob es auf, sah es mir genauer an und stellte fest, dass es eine kleine Katzendame war. Sie konnte nur von einem Haus gekommen sein, das am Rande des Canyons ein Stück oberhalb der Millards stand und nur über eine andere Straße zugänglich war. Ich kannte die Hausbesitzer und wusste, dass sie Katzen hatten, die sie allerdings nicht ins Haus ließen. Im Land der Kojoten ist so etwas sehr gefährlich. Ich brauchte keine weitere Katze und wollte auch keine, doch diese hier war ebenso klein wie hilflos und erinnerte mich irgendwie an Little Cat. Wie dem auch sei, sie gehörte jemand anderem, also konnte ich sie nicht einfach mit nach Hause nehmen, selbst wenn ihre Chancen, den Raubtieren zu entkommen, sehr gering waren. Ich sah mir das Kätzchen an, das behaglich auf meinem Schoß saß, und beschloss, es zu behalten, falls es mir zufällig folgen würde – so etwas wäre doch Schicksal. Ich nahm einen Löffel Milch aus dem Milchkännchen und fütterte es – nur für den Fall, dass es noch nicht anhänglich genug wäre –, dann streichelte ich es, bis es Zeit zum Aufbruch war. Konnte ich es wirklich einfach so mitnehmen? Nein, nein, das wäre unehrlich, ja Diebstahl oder sogar Katzenentführung gewesen. Also setzte ich das Kätzchen auf den Boden und machte mich auf den Heimweg.

Von den Millards bis zu mir war es ungefähr nur so weit wie ein Häuserblock in der Stadt, doch ich wusste, dass es auf seinen kleinen Beinchen niemals mit mir hätte Schritt halten können. Also trippelte ich den gesamten Heimweg in kleinsten Schrittchen. Ich muss fünfundzwanzig Minuten für die Strecke gebraucht haben, doch während der ganzen Zeit wich es mir nie von der Seite. Als ich meine Einfahrt erreicht hatte, drehte ich mich noch einmal um, wünschte Susanne und George eine gute Nacht und beschloss, dass wir meinem Zuhause bereits nahe genug gekommen waren. Ich nahm das Kätzchen kurzerhand auf den Arm mit hinein. Was hätte ich denn sonst tun sollen? Es hatte kein Zuhause, war klein und halb verhungert, das war doch das Mindeste.

Ehrlichkeit liegt eben im Auge des Betrachters.

Sie war wunderschön und ganz anders als der kampflustige Finn. Sie war verspielt und verschmust, und je näher ich sie kennen lernte, desto mehr erinnerte sie mich an Little Cat. Ich war schon in Versuchung, sie Little Cat zu nennen, doch dann entschied ich, dass sie einen eigenen Namen verdient habe, und fing nun an, einen Namen zu suchen, der zu ihr passte. Darum hieß sie wochenlang einfach nur Katze, so wie die dicke rote Katze in *Frühstück bei Tiffany*. Doch dann, als ich eines Tages mit Madeleine – einer kleinen, etwas älteren Französin, einer guten Freundin von mir, die so resolut, offenherzig und neugierig war, dass es einfach ein Vergnügen war, Zeit mit ihr zu verbringen – telefonierte, fand ich schließlich den passenden Namen. Sie erzählte mir von ihren Verwandten in England, von der Familie ihres verstorbenen Mannes, die sie nicht besonders mochte, erwähnte dann jedoch eine Frau, die ihr anscheinend sympathisch war. Sie hieß Bridie. Madeleine wiederholte den Namen während unseres Telefonats immer wieder: Bridie hier, Bridie da, Bridie, Bridie, Bridie. Und die ganze Zeit über saß das namenlose Kätzchen auf meinem Schoß. Der Name passte zu ihm.

Nachdem ich also beschlossen hatte, mein Leben nie wieder mit Katzen zu teilen, lebte ich nun mit Bridie und Finn.

Zur damaligen Zeit war ich Fernsehautor, ein recht unsicherer Job, doch ich hatte die fünfzig bereits überschritten und wusste, dass meine Tage gezählt waren. Ich war ein vom Aussterben bedrohter Dinosaurier, der in einer extra für alternde Autoren vorgesehenen Erdschicht zu versteinern drohte. Drei Dinge kann man sich in Hollywood keinesfalls leisten: krank zu sein, alt zu werden oder Pleite zu gehen. Selbst Aussätzige werden nicht so gemieden, denn keiner will daran erinnert werden, dass das eine oder andere früher oder später eintreten könnte. Das Wort Sterblichkeit wird nur hinter vorgehaltener Hand erwähnt.

Ich wollte meine Tage jedoch noch nicht im Seniorenklub bei Tee und Tai-Chi verbringen oder auf einem Golfwägelchen herumfahren und mir vormachen, ich würde Sport treiben. Während ich also weiterhin in den Studios arbeitete, begann ich an einem Roman zu schreiben, der mir schon immer im Kopf herumgeschwirrt war. Es sollte eine Hommage an meine Kindheit werden, im Grunde keine sehr originelle Idee für einen Debütroman, doch mir kam es vor allem darauf an zu sehen, ob ich es überhaupt konnte. Der erste Titel, der mir einfiel, war *Livery Street*, ein Fantasiename für eine Straße im Nordosten der USA, in dem ich in einer irisch-amerikanischen Umgebung, in der Nähe einer Eliteuniversität, aufgewachsen war. Erzähler der Geschichte sollte Tim

Gallagher sein, seine gerechte Schicksalsgöttin Maureen O'Connor. Es sollte kein autobiografischer Roman werden, vielmehr wollte ich ein Ambiente beschreiben, wie es war, bevor wir als Individuen und als Nation unsere Unschuld verloren. Und ich wollte über den Zauber des Erwachsenwerdens in einer Umgebung schreiben, in der man gute und schlechte Zeiten miteinander teilte.

Da ich noch arbeitete, konnte ich – wenn ich nicht überhaupt zu erschöpft dazu war – dem Buch bis auf ein paar Wochenenden und Abende nur wenig Zeit widmen. Oft genug überlegte ich, das Projekt ganz hinzuschmeißen. Freunde lasen jedoch Auszüge daraus und ermutigten mich, also blieb ich dabei. Kurze Zeit später gefiel mir der Titel *Livery Street* nicht mehr, ich konnte ihn mir auf einem Buchumschlag einfach nicht vorstellen, und so änderte ich ihn verschiedentlich, bis ich mich für *Maureen und Tim* entschied. Ich hatte den Eindruck, es würde die Geschichte persönlicher machen, und hoffte, der Leser würde es auch so empfinden. Ein Freund gab jedoch zu bedenken, dass im Zeitalter der exzessiven Beziehungsanalyse ein Titel wie *Maureen und Tim* eher nach einem Paar mit Eheproblemen klänge. Da mich dieser Gedanke nicht mehr losließ, suchte ich in meiner Unsicherheit nach einem neuen Titel und fragte mich dabei, wie lange Jane Austen wohl gebraucht hatte, um auf ihren Titel *Stolz und Vorurteil* zu kommen. Doch an einem Wintertag, als die wärmende Sonne durch mein Bürofenster auf die Katzen schien, die zusammengerollt auf der Fensterbank lagen, und ich die Suche nach einem Titel längst aufgegeben hatte, traf es mich plötzlich wie ein Blitz aus heiterem Himmel. Ich änderte den Namen des Mädchens Maureen O'Connor in Bridie O'Connor und gab Tim Gallagher den Namen Tim Finnegan. So hatte ich den neuen Titel für mein Buch: *Bridie und Finn*. Er gefiel mir. Das nennt man Schicksal.

Vielleicht hatte Jane Austen ja auch zwei Katzen, die *Stolz* und *Vorurteil* hießen. Oder vielleicht *Verstand* und *Gefühl*. Bestimmt hatte sie aber eine Katze namens *Emma*!

Ich musste diese kleine Anekdote hier einfügen, weil sie mir immer wieder in den Sinn kommt, wenn ich an Bridie und Finn denke – Katzen und Bücher. Noch bevor der Roman erschienen war, rief mich eines Tages mein Agent an und erzählte mir, dass *Bridie und Finn* für die *WHSmith Fresh Talent*- Kampagne in Großbritannien ausgewählt worden sei. Ich war natürlich hoch erfreut und fragte gleich:

»Was bedeutet das?«

»Keine Ahnung«, sagte er nur. »Aber es hört sich gut an.«

WHSmith, einer der größten Buchhändler in England, wählt jährlich sechs Debütromane aus, für die er in seinen Geschäften besonders wirbt. Das hört sich in der Tat gut an. Ich wurde mit noch einem weiteren Amerikaner in jenem Jahr ausersehen, was für mich gewissermaßen den Nobelpreis für Literatur bedeutete. Zu Werbezwecken wollte man ein Gruppenfoto aller sechs Autoren machen, also flog ich nach England, wurde in einem erstklassigen Hotel untergebracht und eine Woche lang bestens umsorgt – und das alles nur, um ein Bild von mir zu machen! Es reichte, um einen erwachsenen Mann wieder an den Nikolaus glauben zu lassen.

Im Flugzeug nach England saß ein junger Mann um die zwanzig neben mir, der nach drei wundervollen Monaten in Neuseeland bei seinem geliebten und bewunderten älteren Bruder wieder nach Hause nach London flog. Er musste zurück ans College und war unglücklich darüber, seinen Bruder verlassen zu müssen, auch wenn er sich sehr auf das Wiedersehen mit seinen Eltern freute. Seine Trauer ertränkte er in Bier, und die Geschichten über seine Zeit in Neuseeland schienen nie enden zu wollen.

»Ich habe ein wenig gelernt, wie man Schafe schert. Das ist schwieriger, als man denkt. Dann habe ich Bungee-Jumping ausprobiert und mir vor Angst fast in die Hosen gemacht, aber toll war es trotzdem. Jedes Mal, wenn es ging, bin ich dann gesprungen. Und ich habe Prinz Charles gesehen. Mein ganzes Leben habe ich in London gewohnt und muss nach Neuseeland fahren, um Prinz Charles zu sehen! Das muss man sich mal vorstellen.«

Wir redeten und redeten, selbst dann noch, als der Steward beschlossen hatte, dass der junge Mann nun genügend Bier intus hatte, und ich ihm riet, auf Kaffee umzusteigen. Ich wollte nicht, dass er am Flughafen Heathrow seinen erwartungsvollen Eltern in die Arme torkelte. Als er schließlich seine Geschichten über die Erlebnisse mit seinem Bruder fertig erzählt hatte, fragte er mich, weshalb ich nach London flog.

»Beruflich oder Urlaub?«

»Eigentlich beides. Ich fliege rüber, weil man ein Foto von mir machen will.«

Er war sehr beeindruckt, als ich ihm erzählte, wozu das Foto dienen sollte.

»Sind Sie Schriftsteller? Das ist ja toll. Einfach irre. Ich würde auch gerne Schriftsteller werden.« Verwundert schüttelte er den Kopf. »Ich bin ein richtiger Glückspilz. Was für wunderbare Ferien. Zuerst begegne ich Prinz Charles und dann Ihnen!«

Nutsy

»Mit Handschuhen fängt eine Katze
keine Mäuse.«
Benjamin Franklin

Bevor ich weiterschreibe, möchte ich vorab beteuern, dass Nutsy die großartigste Katze war, die es je gegeben hat. Und selbst das ist noch untertrieben. Aber es stimmt. Natürlich weiß ich, dass jeder Katzenbesitzer dies bestreiten und stattdessen behaupten würde, dass sein geliebter Stubentiger der großartigste ist. Ich würde auch gar nichts anderes erwarten, aber Nutsy war einfach die Katze aller Katzen schlechthin.

Er wurde in Manhattan, mitten im Greenwich Village, geboren. Zuvor hatte ich bereits Bekanntschaft mit Fannie Flags Siamkatze Tallulah gemacht und mich von deren Schönheit und Exaltiertheit bezaubern lassen. Ich meine von der Katze natürlich, obwohl, von der Fannies eigentlich auch. Also begann ich die Zeitungsannoncen zu studieren, bis ich auf eine stieß, die mich schließlich zu Nutsy führte. Ich rief die Nummer an, eine Frau gab mir ihre Adresse, und wir verabredeten ein Treffen. Sie wohnte im vierten Stock in einem Haus ohne Lift und hatte eine dieser winzigen Wohnungen, die es Künstlern überhaupt erst ermöglichen, in New York zu überleben. Die Frau gehörte zu jenen New-Age-Typen, die sich der Bewegung angeschlossen hatten, als sie im Village bereits ein alter Hut war. Sie war Mitte vierzig, besaß ein wunderschönes Lächeln, helle Augen und graue Haare, die ihr locker bis auf die Hüften fielen. Sie war nicht geschminkt, aber ihre Finger, der Hals, die Handgelenke und die Ohrläppchen waren mit klimperndem Modeschmuck beladen. Wenn sie sich bewegte, klang sie wie ein Windspiel im Luftzug. Leise Panflötenmusik waberte geheimnisvoll aus dem Hintergrund. Ich kam mir zunächst wie bei einer Wahrsagerin vor, auch weil die Vorhänge mit Perlen besetzt und überall seltsame Puppen sowie astrologische Zeichen zu sehen waren. Die Wände waren hellrot gestrichen, das Holzwerk hingegen schwarz, und auf jedem freien Plätzchen brannten Kerzen. Es gibt nichts, womit man Schmutz und Schäbigkeit besser verstecken könnte, als mit Kerzenlicht. Als sie die Tür öffnete, strich mir die Katzenmutter kurz um die Knöchel und versuchte dann, in den Flur zu fliehen, doch die Frau bekam sie gerade noch zu fassen und begrüßte mich.

»Ich habe nur noch ein Kätzchen. Einen kleinen Kater. Er ist richtig süß. Ein Steinbock.« Ihre Augen weiteten sich. »Sie wissen doch, was das bedeutet?«

»Natürlich.«

Ich wusste es zwar nicht, doch ich glaubte ihr und ging davon aus, dass es etwas Besonderes wäre. Eigentlich war ich froh, dass nur noch ein Kätzchen übrig geblieben war, denn aus mehreren auswählen zu müssen wäre mir schwer gefallen.

»Sie haben eine positive Ausstrahlung«, sagte sie und lächelte noch breiter. »Sehr positiv sogar. Sie werden gut zueinander passen.« Vermutlich war das der Werbeslogan, den sie bei jedem potenziellen Käufer einsetzte, trotzdem ist es schmeichelhaft, wenn jemand etwas Nettes über die eigene Ausstrahlung sagt.

»Danke.«

»Wo steckt er bloß? Er ist mein absoluter Liebling. Der einzige Kater im ganzen Wurf. Scheinbar wollen die meisten Leute Katzendamen haben«, sagte sie und sah unter den Möbeln nach. »Komm schon, Kätzchen, komm raus. Du hast Besuch.« Plötzlich hörte sie auf zu suchen und sah mich an. »Möchten Sie vielleicht einen Kamillentee? Es dauert nicht lang.«

»Nein, danke. Ich muss los.«

»Hier bist du ja.«

Sie griff unter das Sofa und zog ein langbeiniges, etwa neun bis zehn Wochen altes Kätzchen hervor, das diese wunderbaren Stielaugen machte, mit denen Tiere einem Unbekannten begegnen oder etwas ansehen, das sie nicht kennen. Das kleine Kerlchen war einfach unwiderstehlich. Bevor Seal-Point-Siamesenkätzchen ihre endgültige Farbe bekommen, sehen sie aus, als hätten sie Nase und Pfoten in Kakao getunkt. Das wirkt automatisch lustig und ein wenig verrückt. Und sehr liebenswert, muss ich sagen.

»Ich habe ihm den Namen Moon Baby gegeben. Moon Baby«, wiederholte sie, als warte sie dabei auf ein Wunder.

Sie bemerkte, dass ich von dem Namen nicht sonderlich begeistert war. »Ich nehme an, Sie werden ihn ändern.«

»Kann schon sein.«

Als ich das sagte, saß das Kätzchen bereits bei mir auf dem Arm, und ich wusste, dass es niemals ein Moon Baby sein würde. »Ich nehme ihn. Fünfundzwanzig Dollar, sagten Sie, nicht wahr?«

»Ja. Ich hätte sie alle so gerne einfach liebevollen Leuten anvertraut, aber …«

»Oh, nein. Fünfundzwanzig Dollar sind in Ordnung.«

Ich gab ihr das Geld und eilte zur Tür.

»Einen Moment noch.«

Sie nahm mir das Kätzchen ab und drückte und küsste es noch einmal. »Wiedersehen, mein Kleiner. Du bist ein feines Kerlchen.«

Dann gab sie ihn mir zurück. »Soll ich Ihnen die Karten legen? Natürlich kostenlos, versteht sich.«

»Vielleicht ein anderes Mal. Ich habe ja Ihre Nummer.«

»Ich bin gut. Rufen Sie mich an, wenn Sie wollen. Und stecken Sie das Kätzchen in den Mantel, draußen ist es kalt.«

»Danke«, sagte ich, stülpte das Revers über ihn und ging die Treppen hinunter.

»Er ist schon stubenrein«, rief sie mir nach. Das waren ihre letzten Worte.

Noch nie zuvor war er aus der Wohnung gekommen, sodass der Lärm der überfüllten New Yorker Straßen ihn sehr beunruhigte. Ich konnte spüren, wie er an meiner Brust zitterte. Mit weit aufgerissenen Augen und eng angelegten Ohren spähte er aus dem Mantel und sah sich diese neue, Furcht einflößende Welt an. Ich versuchte, ihn so gut ich konnte zu beruhigen, und murmelte immer wieder leise: »Moon Baby«, hatte aber Angst, die Aufmerksamkeit auf mich zu ziehen, als ich so die Straße entlanglief und in meinen Mantel flüsterte. Da wir uns aber im Greenwich Village befanden, fiel ich nicht weiter auf.

Als wir zur U-Bahn kamen, schien er sich ein wenig beruhigt zu haben, wollte aber noch nicht einmal aus dem Mantel spähen, um zu sehen, was vor sich ging.

Stellen Sie sich vor, wie verängstigt ein kleines Tier sein muss, dem man zuerst die Mutter wegnimmt, um es dann aus seiner vertrauten Umgebung zu reißen und in eine fremde Welt zu stoßen. Es ist ein Wunder, dass er überlebt hat. Ein Teil von mir hätte ihn am liebsten zu der Wahrsagerin zurückgebracht, da ich aber wusste, dass er früher oder später dasselbe noch einmal hätte durchmachen müssen und wir bereits bei der Station angelangt waren, stempelte ich die U-Bahn-Fahrkarte und ging zum Bahnsteig. Doch ich hatte nicht daran gedacht, was der Lärm einer einfahrenden U-Bahn bei ihm auslösen würde. Es war die reinste Katastrophe. Als der Zug zum Stillstand kam, war mein T-Shirt zerfetzt und meine Brust blutig gekratzt. Kätzchen haben scharfe, nadelähnliche Krallen, und einen Augenblick lang wusste ich nicht, ob ich in die U-Bahn steigen oder den Notarzt rufen sollte. Ich beschloss, dass es keine besonders gute Idee war, mit einem hysterischen Kätzchen im Mantel in einem donnernden und rumpelnden Zug zu fahren, also ging ich wieder die Treppen hinauf, verließ die U-Bahn-Haltestelle und tat etwas Undenkbares: Ich nahm ein Taxi.

Als das Taxi vor meiner Wohnung hielt, hatte ich beschlossen, das Kätzchen Noah zu nennen. Das war ein starker Name, klang schön und war gemessen an Moon Baby eine erhebliche Verbesserung. Er gewöhnte sich schnell an das Leben in der First Avenue und freundete sich auch sogleich mit meinem Boxerweibchen Phoebe an. Die beiden ergänzten sich aufs Beste. Wenn sie alleine in der Wohnung waren und irgendetwas auf dem Küchentisch, der Arbeitsplatte, ja selbst auf dem Kühlschrank stand, warf Noah es auf den Boden – egal, was es war –, und Phoebe fraß es auf. Sie war nicht gerade ein Feinschmecker. Ganze Brotlaibe verschwanden samt Verpackung in ihrer Kehle. Einmal fraß sie sogar die Füllung des Vordersitzes von Nancys weiß-grünem Chevrolet, als sie für eine knappe Viertelstunde im Auto warten sollte. Es war ein schöner, kühler Tag, die Fenster waren heruntergekurbelt, sodass genug Luft hereinkam, doch aus lauter Langeweile stürzte sich Phoebe wie ein Abrisskommando auf den Sitz. Noah, der bald darauf den Namen Nutsy erhielt, hatte die Szene beobachtet, verlor aber nie ein Wort darüber.

Eigentlich hieß er nur für ganz kurze Zeit Noah. Schon bald zeigte sich, wie ungeschickt er war. Zum Beispiel, wenn er auf das Kaffeetischchen sprang und versehentlich alles umwarf oder das Bücherregal erforschte und dabei ein oder zwei Bretter aushebelte. Er war ein Tollpatsch, daran bestand kein Zweifel. Und wie es sich für ein Kätzchen gehört, tat er alles, ohne groß darüber nachzudenken. Einmal lag ich gerade entspannt in der Badewanne, als er überschwänglich ins Badezimmer gerannt kam und zu mir in die Wanne sprang. Voller Entsetzen stützte er sich sofort mit den Vorderpfoten auf den Badewannenrand und sah mich tropfnass an. Er musste wohl denken, ich sei völlig übergeschnappt, einfach so im Wasser zu sitzen. Dann sprang er aus der Wanne, schüttelte sich und lief den berühmten Nasse-Pfoten-Tanz vollführend davon. Er war wirklich ein verrücktes Kerlchen, und so wurde aus Noah schließlich Nutsy – manchmal auch Mr. Nutser – was so viel wie »verrückt« bedeutet.

Was ihm an Beweglichkeit und gesundem Tierverstand fehlte, das besaß er hingegen an Charme. Er war der sanfteste und liebenswürdigste Kater, der mir je untergekommen ist – und der gefühlvollste. Er war außerordentlich empfänglich für Stimmungen und wusste immer, wann er einmal zum Trost gebraucht wurde.

Als ich ernsthafte Probleme mit meinen Lungen bekam und über eine längere Zeit das Bett hüten musste, wich er mir nicht von der Seite. Er entfernte sich nur, wenn er das Katzenklo benutzen oder fressen musste, und ich bin mir sicher, dass er ein paar Mahlzeiten versäumte, weil er praktisch immer bei mir war. Egal, welche Krankheit ich später bekam, Nutsy schien es zu spüren und wich nicht mehr von meiner Seite. Und wäre er imstande gewesen, mir eine Tasse

Tee zu machen, wäre er die beste Krankenschwester seit Florence Nightingale gewesen.

Wie schon erwähnt, war Nutsy eine wunderbare Ersatzmutter für Little Cat, denn er ließ sie stundenlang an seinem Fell nuckeln, als sie noch ein krankes, wehrloses Geschöpf war. Ihm ist es zu verdanken, dass sie überhaupt überlebt hat. Um die bemerkenswert mitfühlenden und fürsorglichen Eigenschaften dieser wunderbaren Katze zu beschreiben, muss ich Nancy zitieren – das ist die Frau, deren Autositz Phoebe demolierte und die von Little Cat auf der Bühne einfach im Stich gelassen wurde, als die Katze beschloss, dem Showbusiness den Rücken zu kehren, und einfach ins Publikum sprang. Sie schwört, dass sie niemals fürchterliche Zahnschmerzen überstanden hätte, wenn Nutsy nicht gewesen wäre. Wir wohnten zu der Zeit gerade im Strandhaus in Virginia, in dessen Nähe es keinen Zahnarzt gab. Eines Nachts bekam Nancy furchtbare Zahnschmerzen. Sie schluckte zwar so viel Aspirin wie nur möglich, doch es wollte einfach nicht wirken. Irgendwann ging sie unter Tränen zu Bett, um wenigstens ein bisschen Ruhe zu finden. Nutsy rollte sich auf dem Kopfkissen neben ihrem Gesicht zusammen – das tat er sonst nie –, drückte seinen warmen Körper gegen ihre schmerzende Wange und wich die ganze Nacht über nicht mehr von der Stelle. Der Schmerz legte sich, und irgendwann konnte Nancy einschlafen. So unglaublich das auch erscheinen mag, seit dem Tag schwört Nancy darauf, dass sie ohne Nutsy diese Qualen nie überstanden hätte. Heilige hat man bereits für weniger spektakuläre Wunder selig gesprochen.

Nutsy war das perfekte Beispiel für einen dieser liebenswerten, schusseligen Gentlemen, wie sie die Literatur gerne beschreibt. Er war arglos und verständnisvoll, aufrichtig, warm und zärtlich, eben eines jener liebenswerten Geschöpfe, wie Charles Dickens es nicht besser hätte beschreiben können. Er erschien mir immer wie ein verspielter kleiner Mann in Katzengewand, der nur dann zu einer richtigen Katze wurde, wenn es darum ging, ins Auto zu steigen.

Ich hielt ihn natürlich für ein recht hübsches Kerlchen, doch eingebildete Siamkatzenkenner bezeichneten ihn rüde als Rundschädel, weil er nicht das typisch längliche, spitz geformte Gesicht einer klassischen Siamkatze hatte und es darum auch niemals auf eine Katzenschau geschafft hätte. Doch ein Familienmitglied im Showgeschäft war mehr als genug.

Seine Tollpatschigkeit und Neugier brachte ihn immer wieder in recht gefährliche Situationen. Der Besitzer des Strandhauses, dem ich persönlich nie begegnet bin, hatte zum Beispiel einen kleinen Kübel mit Motoröl auf dem Vordach des Hauses zurückgelassen, und da ich mich an das neue Theater gewöhnen musste und ständig Proben hatte, kam ich wochenlang nicht dazu, ihn zu entsorgen. Um ehrlich zu sein, ich hatte ihn vergessen. Irgendwie schaffte es Nutsy, ihn umzuwerfen, und als ich von der Arbeit nach Hause kam, war er von der Hüfte abwärts mit Öl bedeckt. Er schämte sich. Ich holte natürlich sogleich das gefürchtete Katzenshampoo und badete ihn, ungeachtet seiner vor Protest zitternden Ohren. Doch selbst nach ein paar Waschgängen ging das Öl nicht ab. Ich hob den klitschnassen Kater hoch – wobei ich selbst von oben bis unten nass wurde –, holte mein eigenes Shampoo und wusch ihn damit noch ein paar Mal. Es schien zu wirken, und als er mir einigermaßen ölfrei erschien, trocknete ich ihn ab und ließ ihn in eine dunkle Ecke entschwinden, wo er sich putzen und sein angeschlagenes Ego pflegen konnte. Vollbäder sind für die meisten Katzen ein Ärgernis und äußerst peinlich. Sie sind etwas Unnatürliches und müssen um jeden Preis vermieden werden.

Ein Woche ging ins Land, und Mr. Nutser schien der Vorfall nicht sonderlich traumatisiert zu haben, doch mir fiel auf, dass plötzlich ungewöhnlich viele Katzenhaare auf dem Teppich lagen. Von Little Cat oder Minnie konnten sie nicht sein. Nutsy war es, der beängstigend viele Haare verlor. Ich hob ihn hoch und entdeckte, dass dort, wo das Öl sein Fell bedeckt hatte, die Haare sehr dünn zu werden begannen. Als ich dann vorsichtig daran zog, gingen sie büschelweise aus. Nun hatte er nicht nur die Schmach zu ertragen, das Öl verschüttet und unzählige demütigende Bäder erduldet zu haben, nun musste er auch noch gegen den Haarausfall kämpfen. Der war unaufhaltsam. Ich glaube, dass es die Kombination von Shampoo und Öl war, die dazu führte, dass er sein Fell verlor. Und so verbrachte er die nächsten Monate von der Hüfte abwärts nackt. Er sah wirklich sehr seltsam aus – keine Frage. Doch als perfekter Gentleman trug er auch diese Demütigung mit Fassung, bis sein wunderbares Fell wieder nachgewachsen war. Kann schon sein, dass er ein Rundschädel war, doch in seinen Adern floss königliches Blut.

Wie die meisten Katzen, so hielt auch er sich gerne draußen auf, weshalb er die Sommer in Pennsylvania am Theater wohl am meisten genoss. Da Katzen so wie Hunde gerne in der Nähe ihres Herrchens sind – das ist für sie das Wichtigste im Leben –, gewöhnen sie sich bereitwillig an jede neue Umgebung, solange diese nicht unwirtlich oder grausam ist. Ich habe nie verstanden, wie gewisse Leute Hunde halten können und sie dann ihr ganzes Hundeleben lang im Hof anketten. Meiner Meinung nach sollte man solch eine Behandlung strafrechtlich verfolgen.

Nutsy und die anderen Katzen schienen gerne in New York zu leben. Erstens, weil sie, wenn die Grenzen enger gesteckt waren, ein wenig mehr Aufmerksamkeit bekamen, und zweitens, weil es für sie absolut berauschend war, an kalten, windigen Wintertagen auf dem sonnigen Fensterbrett zu lümmeln. Die drei Katzen lagen dann oft übereinander, sodass man aufgrund ihrer Färbung kaum unterscheiden konnte, wo die eine anfing und die andere aufhörte. Katzenminze war nichts dagegen, Sonne hieß ihre Droge.

Aber wie gesagt, im Sommer hatten sie die Möglichkeit, sich im Freien zu bewegen, weshalb die Vorzüge der Wohnung in den Hintergrund traten. Draußen gab es frisches Gras, an dem man knabbern konnte – was Katzen liebend gerne tun –, und sie konnten allen möglichen Tierchen hinterherjagen. Für sie war es wie große Ferien, so wie sie die Kinder im Sommer verbringen. Meine Katzen blieben über Nacht jedoch niemals draußen, vermutlich, weil sie daran gewöhnt waren, immer drinnen zu schlafen. Tagsüber tobten sie sich aus, und bei Sonnenuntergang waren sie dann völlig erschöpft.

Eines Nachts, kurz vor Beginn der Sommersaison, kam Nutsy nicht nach Hause. Ich ging durch das leere Theater und rief nach ihm, doch er antwortete nicht. Er schien unauffindbar zu sein. Irgendwann ging ich ins Bett und war eher verärgert als beunruhigt darüber, denn ich überlegte, dass er sich vermutlich eine schöne Zeit machte und gar nicht an mich dachte. Am nächsten Morgen ging ich früh hinaus und rief wieder nach ihm, doch Nutsy ließ sich immer noch nicht blicken. Da ich bei Tageslicht nun besser sehen konnte, ging ich hinter das Häuschen, in dem wir wohnten, und sah etwas, das wie ein Teppich wirkte, bis ich näher kam und erkannte, dass es Nutsy war. Völlig blutüberströmt lag er mit eingedrücktem Gesicht da. Ich dachte, er wäre tot, doch als ich mich neben ihn niederkniete, hörte ich, dass er noch atmete. Unter Tränen hob ich ihn auf und trug ihn zum Wagen. Der Gedanke, dass er womöglich die ganze Nacht nur ein paar Meter von mir entfernt dort gelegen hatte, machte mich fertig. Ich raste zum etwa fünfzig Meilen entfernten Tierarzt und fragte mich unterdessen, was ihm wohl widerfahren war. Hinter dem Haus gab es keine Straße. Außerdem hätte er sich zur Eingangstür geschleppt, wenn er von einem Wagen angefahren worden wäre. Am hinteren Teil des Hauses gab es keine Tür, warum hätte er sich also dorthin schleppen sollen? Die ganze Fahrt zum Tierarzt redete ich immer wieder auf ihn ein in der Hoffnung, er möge mich trotz seiner Bewusstlosigkeit hören und wissen, dass ich bei ihm war und alles gut werden würde. Für einen Moment zweifelte ich aber selbst an meinen Worten und war mir sicher, dass er sterben würde, bevor wir den Arzt erreicht hätten. Als ich die Praxis betrat, erblassten die Leute, ja selbst der Tierarzt, der einiges gewöhnt war, als sie sahen, in welchem Zustand Nutsy war. Wir brachten ihn in das Arztzimmer, legten ihn auf den Untersuchungstisch, und der Tierarzt begann, ihn zu untersuchen.

»Sein Kiefer ist an einigen Stellen gebrochen, und er blutet aus einem Ohr. Ob auch seine Augen Verletzungen davongetragen haben, kann ich noch nicht sagen.«

Ich fing an zu erklären, dass es hinter dem Haus keine Straße gäbe und ich mich gefragt hätte, weshalb er hinter das Haus gegangen sei, statt sich zur Eingangstür zu schleppen, doch während ich noch erklärte, wurde ich vom Arzt unterbrochen.

»Der Kater ist nicht von einem Auto angefahren worden ...«

»Ach? Was ist ihm dann passiert?«

»Irgendjemand hat ihn mit einem knüppelartigen Gegenstand geschlagen, da bin ich mir sicher. Ein Autoreifen hätte ihm nicht nur den Kiefer zertrümmert, sondern ihn umgebracht. Die Katze ist sicherlich absichtlich mit einem Gegenstand geschlagen worden.«

Noch nie in meinem Leben habe ich eine derartige Wut in mir aufsteigen gespürt. Ich wusste nicht, ob ich weinen, laut aufschreien oder mich übergeben sollte. Alles auf einmal wäre gar nicht genug gewesen.

»Wird er durchkommen?«

»Das kann ich nicht sagen. Wir müssen ihn zuerst gründlich untersuchen, Röntgenaufnahmen machen, Blut abnehmen … Ich weiß nicht, ob er innere Verletzungen hat. Aber wenn ich ehrlich sein soll, glaube ich nicht, dass er große Chancen hat. Es ist ein Wunder, dass er überhaupt noch am Leben ist.«

Ich brachte die Worte kaum heraus. »Ich flehe Sie an, tun Sie alles, was in Ihrer Macht steht … Alles, ich bitte Sie.«

»Das werde ich tun. Gehen Sie jetzt nach Hause. Ich werde Sie anrufen, wenn ich weiß, wie es steht.«

»Ich kann gerne bleiben …«

»Sie können hier nichts tun. Gehen Sie nach Hause. Ich werde Sie rechtzeitig verständigen, falls er eingeschläfert werden muss.«

Als ich nach Hause fuhr, versuchte ich mir vorzustellen, wer so etwas Furchtbares tun konnte. Mir war zwar klar, dass Menschen grausam sein können, aber wir wohnten in einem idyllischen Dörfchen, einem verschlafenen kleinen Weiler im Westen von Pennsylvania, wo jeder irgendein Tier besaß und jeder wusste, welcher Hund und welche Katze zu wem gehörte. Und so viele Häuser gab es in der Nachbarschaft auch nicht. Das große Haus, in dem der Besitzer lebte, der uns das kleine Haus vermietet hatte, stand ein paar hundert Meter entfernt, doch die Leute hätten keiner Fliege etwas zuleide getan. Sie waren sehr liebenswürdig und mitfühlend. Wer also sollte mit Absicht eine Katze erschlagen?

Ich muss gestehen, dass ich ab jenem Tag über die folgenden acht Jahre, in denen wir das Theater hatten, nie wieder dasselbe gute Gefühl hatte, wenn ich in das Dorf kam. Ich möchte niemanden voreilig verurteilen, doch irgendetwas in mir sagte sich, dass dort jemand lebte, der böse war.

Am Nachmittag rief der Arzt an, und obwohl seine Nachrichten nicht so ausfielen, wie ich es erhofft hatte, so waren sie auch nicht so schlecht, wie sie hätten sein können.

»Sein Kiefer ist an vier verschiedenen Stellen gebrochen, ich habe ihn geschient. Seine Kopfverletzungen kann ich immer noch nicht ganz beurteilen, jedenfalls sieht es momentan nicht nach einem ernsthafteren Trauma aus. Seine Augen müssten in Ordnung sein. Doch um das genau zu sagen, ist es noch zu früh. Jedenfalls ist er noch keineswegs über den Berg, aber … Nun, wir müssen abwarten. Ich gehe aber davon aus, dass wir ihn nicht einschläfern müssen. Zumindest jetzt noch nicht.«

»Danke. Vielen Dank. Soll ich später noch einmal anrufen?«

»Heute Abend. Rufen Sie mich gegen sechs Uhr an. Dann wissen wir vermutlich mehr.«

Um sechs Uhr ging es ihm ein wenig besser. Es war ein Wunder, aber er schien durchzukommen. Dafür musste er noch eine Zeit lang in der Klinik bleiben. Mir war das egal, Hauptsache, es ging ihm besser. Und ich war dem Arzt dankbar, dass er sich so um ihn bemüht hatte.

Es dauerte eine Woche, bis er nach Hause kommen konnte. Er hatte so viel an Gewicht verloren, dass er wie ein Skelett aussah. An den Stellen, an denen sein Kiefer zusammengeklemmt worden war, schauten Drahtenden aus seinem Maul. Er war noch immer sehr krank, und auch jetzt machte mir der Arzt keine großen Versprechungen, meinte aber, der Kater würde sich, wenn überhaupt, besser zu Hause erholen. Ich blickte in Nutsys blutunterlaufene Augäpfel und hatte Angst, ihn zu berühren, so zerbrechlich wirkte er. Er konnte sich kaum auf den Beinen halten, und ich musste ihm Medikamente und flüssige Nahrung mit einer Pipette einflößen. Doch das Fressen interessierte ihn nicht. Er wollte nur schlafen. Und das war auch alles, was er konnte. Ich versuchte, die anderen Katzen und Hunde von ihm fern zu halten, doch das war unmöglich. Am erstaunlichsten war aber, dass er schnurrte, wenn sie sich ihm näherten, um herauszufinden, was vor sich ging, oder um ihn zu beschnuppern – er roch ja furchtbar nach Medikamenten. Er lag praktisch schon auf dem Totenbett und schnurrte noch dabei.

Die flüssige Nahrung, die der Arzt mir mitgegeben hatte, schmeckte ihm nicht, darum machte er sich nicht die Mühe, sie herunterzuschlucken, sondern ließ sie einfach wieder aus dem Maul rinnen. So kochte ich ihm also Nierchen, eines seiner Lieblingsgerichte, zerdrückte sie, fügte sie der Flüssignahrung hinzu und erreichte, dass er nun ein wenig davon fraß. Sein armer, misshandelter Körper schien völlig ausgemergelt zu sein, darum brauchte er dringend Futter, um auf die Beine zu kommen … Und das gelang mit den zerquetschen Nierchen. Sie schmeckten ihm so gut, dass er nach einer Weile versuchte, sein verdrahtetes Maul zu öffnen und selbst zu fressen. Der Körper ist ein wahres Wunderwerk! Egal, ob bei Katzen, Hunden, Vögeln oder Menschen, sobald er Nahrung bekommt, tut er wieder, was er tun soll: nämlich das Leben zu unterstützen. Irgendjemand hat einmal gesagt: »Der Körper will leben. Das ist seine Aufgabe.« Nutsy war der lebende Beweis dafür. Als er wieder Nahrung zu sich nahm, begann er auch an Gewicht und Kraft zu gewinnen, und als ihm die Drähte entfernt wurden und er ganz alleine fressen konnte, war er auf dem besten Weg zur Genesung.

Es gibt einen umgangssprachlichen Ausdruck, der nur im Dialekt des westlichen Pennsylvanias gebraucht wird. Ähnlich wie bei bestimmten jiddischen Wörtern, die etwas besser beschreiben, als jede Worthülse es jemals könnte, so tat das auch dieser bestimmte Ausdruck. Dieses Wort heißt *sywickered.* Ich habe keine Ahnung, wie man es schreibt, weil ich es in keinem Buch gefunden habe; jedenfalls ist es die Bezeichnung für etwas, das schief, ein wenig verzerrt und leicht entstellt ist. Und genau so sah Nutsys Gesicht für den Rest seines Lebens aus. Es war auf immer und ewig *sywickered.* Was Tiere ganz besonders auszeichnet, ist jedoch, dass sie sich keinerlei Eitelkeit bewusst sind. Pfauen schlagen auch nicht ihr wunderschönes Rad, um jemanden zu beeindrucken, der gerade des Weges kommt. Ihnen geht es lediglich darum, die Aufmerksamkeit des Weibchens zu erregen. Wer einmal das Glück hatte, einen Pfau in voller Pracht zu bestaunen, ist auch nichts weiter als ein zufälliger Beobachter. Dem Pfau ist es völlig egal, ob wir ihm zusehen oder nicht.

Auch Nutsy hatte keine Ahnung, dass eine Hälfte seines Gesichts so aussah, als würde er unentwegt lächeln, und die andere, als wäre er schlecht gelaunt.

Selbst die grausame Erfahrung hatte ihn kein bisschen verändert. Noch immer begrüßte er Fremde, als wären es Freunde, mit demselben Vertrauen wie eh und je. Wenn überhaupt, dann machte ihn sein schiefes Gesicht nur noch mehr zu einer dickensschen Figur. Auch Dickens hätte vermutlich diesen Namen gewählt: den liebenswerten Sir Noah Sywicker, mit seinem beigebraunen Schwalbenschwanzmantel, dem Zylinder und seiner bestickten Weste, auf der sich hier und da immer ein paar Krümel befanden. Den äußerst angenehmen und freundlichen, ein wenig zerstreuten Mr. Sywicker, der jeden mochte und unglaublich neugierig war, London jedoch nie verließ, weil ihm immer schlecht wurde, wenn er eine Postkutsche besteigen sollte.

Im Nachhinein

In diesem Buch habe ich absichtlich nicht über den Tod der Katzen geschrieben, denn einmal war mehr als genug. Ich habe beschlossen, sie auf einem sonnigen Fensterbrett oder zusammengerollt in einem gemütlichen Sessel liegend in Erinnerung zu behalten. In mir leben sie alle weiter und werden das stets tun. Verdrängung kann sehr tröstlich sein.

Der Kater, der momentan bei mir lebt, heißt Bomber, was sehr gut zu ihm passt. Sein wilder Ausdruck, von dem ich eine Nahaufnahme gemacht habe, während er auf dem Tisch auf der Veranda saß, vermittelt den Eindruck, als wollte er sich gleich auf ein ahnungsloses Geschöpf stürzen, dabei sah er mir nur zu, wie ich Cornflakes aß, und hoffte, dass er etwas abbekommen würde. So viel also zur Unergründlichkeit von Katzen.

Auf der Veranda liegt eine Kolibrifeder, und an bestimmten Morgen, wenn ich frühstücke, hole ich meinen Fotoapparat mit dem Zoomobjektiv, um eine dieser spektakulären Aufnahmen von einem fliegenden Kolibri zu machen, der Nektar nippt. Doch das Einzige, was ich zustande gebracht habe, ist, den Umsatz von Kodak zu steigern und Hunderte von unscharfen Fotos von langen Schnäbeln zu machen. Ich habe herausgefunden, dass verbissene Beharrlichkeit im Gegensatz zu dem, was mir die Nonnen in der Grundschule gepredigt haben, nicht immer Früchte trägt. Nun, eines Morgens, als ich mich wieder einmal auf einer dieser überflüssigen Fotosafaris befand und meinen unmittelbaren Horizont absuchte, starrte Bomber in mein Objektiv und wartete ganz offensichtlich auf seine Portion Cornflakes.

Er kam in mein Leben, weil ihn jemand auf einem Parkplatz vor einem gut besuchten Restaurant aufgelesen hatte. Der Finder musste in das etwa achtzig Meilen entfernte Los Angeles und wäre erst spät in der Nacht wieder zurückgekehrt, doch da er wusste, dass ich ein Herz für Tiere habe, fragte er mich, ob ich nicht bis zum nächsten Morgen auf das Kätzchen aufpassen könnte. Ich war natürlich überglücklich, ihm zu Diensten sein zu können. (Es ist fünf Uhr morgens, während ich diese Zeilen schreibe, und Bomber ist aus einem seiner dunklen Eckchen gekrochen und auf meinen Schoß gesprungen. Das hat verlegerische Gründe, denke ich.) Am folgenden Tag kehrte der Kumpel zurück und wollte den Kater abholen, doch da war es zu spät. Er gehörte bereits mir. Liebe auf den ersten Blick gibt es. Nun gut, trotz seiner menschlichen Qualitäten war der Mann dann doch nicht so daran interessiert, eine Katze im Haus zu haben. Ich tat also uns dreien einen Gefallen. Moral von der Geschichte: Man sollte mir nicht trauen.

Nachdem ich die Seiten dieses Buches durchgelesen hatte, überkam mich ein tiefes Schuldgefühl. Ich habe mein Leben nicht nur mit den Katzen geteilt, über die ich geschrieben habe, sondern stets auch Hunde besessen, über die ich jedoch kaum ein Wort verloren habe. Es scheint, als würde ich sie in meiner Erinnerung nicht ausreichend würdigen. Doch um mein Gewissen zu erleichtern, kann ich nur sagen, dass ihre Persönlichkeiten ebenso stark, ihre Liebe und Hingabe sowie ihr Reiz ebenso bezaubernd wie die der Katzen waren. Es hätte mich nur verwirrt, wenn ich auch noch über sie ausführlich geschrieben hätte, denn damit wäre ich an meine Grenzen gestoßen. Ich bitte also Tucker, Jesse, Duke, Benjie, Delores, Biff, Amy, Gilly, Bing etc., etc., etc. um Verzeihung. Ihr seid die Nächsten.

Am Ende bin ich immer wieder beeindruckt, wie nichts sagend Worte doch sein können. In meinen Erzählungen bin ich mit Worten nicht im Geringsten dem nahe gekommen, was es für mich bedeutet hat, mein Leben mit diesen Tieren zu teilen. Ohne sie … Nun ja, ohne sie wäre die Sonne zwar trotzdem jeden Tag auf- und wieder untergegangen, die Jahreszeiten hätten sich jedes Jahr wiederholt, und der Frühling wäre nur für mich gekommen. Und ich weiß, dass sein Zauber mich stets immer wieder in Erstaunen versetzt hätte. Doch ohne die Tiere wäre mein Leben statt in prächtigem Technicolor nur ein Schwarz-Weiß-Film gewesen.